Nin & Jara

Nin & Jara

Jouko Kivinen

ISBN 978-952-7086-05-6 (nid.)
ISBN 978-952-7086-06-3 (ePub)
Toinen, korjattu painos

O lin kiertelemässä lähiseutujen kylissä ja pienem-
missä kaupungeissa. Matkani kohdistuivat varsinkin
pikkukyliin, jotka olivat jääneet sivuun uudemmista
valtaväylistä. Mitä enemmän kylä näytti joltakin, joka voisi
olla vanhasta elokuvasta, jonka sammalikoissa ihan varmasti
seikkaili menninkäisiä, sitä toiveikkaampana jututin
asukkaita. Erityisesti etsin vanhan kansan ihmisiä. Merkitsin
muistiin heidän kertomuksiaan – työnäni oli keräillä nyky-
päivän tarinoita ja kaikkea suusanallista perinnettä. Pidin
työstäni, pidinpä sitä arvokkaanakin. Ehkä saisin historiaan
jäämään muutakin kuin ne tavalliset, kuuluisuuksien nimet
ja kaiken sen mikä pääsee lehtiotsikoihin.

Kylä jossa tällä kertaa olin oli melko tavallinen pikkukylä.
Tietenkin puheenparret olivat vähän erilaisia kuin muualla,
ja esimerkiksi nuorison naapurikylien jurteille omistamat
herjat olivat minulle uusia, mutta muuten ei mitään
erikoista. Joku kyläläisistä kuitenkin vihjaisi, että läheisessä
metsässä, jossakin ryteikköjen keskellä asui iäkäs nainen
pienessä mökissään, ja hän kuuleman mukaan tunsi paljon
vanhoja kertomuksia ja loruja. Niinpä lähdin seuravana
päivänä etsimään hänen asumustaan.

Ja sitten minä eksyin.

Polkuja oli paljon. En muista missä kohden käännyin harhaan ja loppu olikin sitten helppoa: olin jossakin paikassa joka ei ollut lähelläkään yhtäkään niistä, joista olisin tahtonut itseni löytää. Kävelin koko aamupäivän ja päivän. Aloin olla jo todella väsynyt mutta vanhuksen mökkiä ei vain näkynyt. Ei satumummoa, ei mitään mummoa, ei paluutietä, ei teitä enää muutenkaan. Vain laaja, raivaamaton metsä ja sen puut. Ja sadoittain risteileviä polkuja, jotka eivät tuntuneet johtavan minnekään.

Keitä täällä edes kuljeksi, näin uutterasti? Miksi nämä kaikki polut?

Tulin taas uuteen polunristeykseen. Nostin risun maasta ja heitin sen kieppumaan ilmaan. Se putosi osoittamaan vasemmalle, joten valitsin vasemman haaran. Paljon muura-haisia liikkui samaa reittiä, joten varoakseni niitä kävelin polun piennarta. En ollut yllättynyt kun polku vain sadan metrin jälkeen päättyi mahtavalle muurahaiskeolle. Käännyin takaisin ja jatkoin toista, hieman leveämpää polkua. Se kiemurteli vanhojen puiden lomassa ylös loivaa rinnettä. Ehkäpä rinteen harjalta voisin nähdä paremmin missä olin?

En sentään. Mäennyppylä oli niin matala että puut estivät näkyvyyden. Edempänä häämötti kuitenkin valoa, joten suunnistin sitä kohti. Missä suunnassa aurinko oli kun lähdin? En muistanut, tietenkään, en ollut ajatellut sitä.

Pujottauduin tiheikön läpi aukiolle. Se oli niitty, ehkä

vanha, hylätty peltoaukio, ehkä luonnonniitty. Mitään ihmiskäden jälkiä ei näkynyt. Sen toisella laidalla oli pieni, tummavetinen lampi, jonka reunoja sammal ympäröi kuin pehmeät, vihreät tyynyt. Kävelin lammen luokse. Lampi näytti houkuttelevan uitavalta mutta olin liian väsynyt laskeutumaan veteen. Pitkä matka epätasaisessa maastossa särki jalkojani, joten istuuduin sammaleelle ja nojauduin puuta vasten.

Keskipäivä oli jo mennyt, oli kuuma. Ötökät surisivat ilmassa ja kasvien pieniä laskuvarjoja leijaili kaikkialla. Linnut pyrähtelivät oksistoissa. Olisi ollut oikein miellyttävää, jos vain olisin tiennyt, missä oikein olin.

Havahduin hereille, olin torkahtanut. Nähtävästi melko pitkäänkin, sillä oli jo selvästi viileämpää. Lampi näytti nyt hyvin mustalta eikä ollenkaan kutsuvalta. Varjot olivat pidempiä, ilta tulisi pian. Nousin kiireesti. Minun piti päästä pois metsästä. Minulla ei ollut mukana lämpimiä vaatteita, ei edes tulitikkuja. Näin elokuussa yöt saattoivat olla hyvin kylmiä.

Aioin kävellä takaisin päin, sinne mistä olin tullutkin. Mutta kun katselin metsänlaitaa, en enää erottanut, mistä suunnasta olin aukiolle päässyt. Kiroilin hiljaa itsekseni, mitä ajattelemattomuutta! Ihan kuin olisin tahallani yrittänyt eksyä. Kävelin silti. Rämmin pensaikossa ja oksikossa, kunnes löysin taas jonkinlaiselle polulle. Kuljin sitä pitkin, se päättyi pienelle aukiolle, paljon äskeistä pienemmälle. Aukiolla lojui suuri, kaatunut ja naavoittunut, monioksainen puunrunko.

Joku istui sen päällä. Pienikokoinen, vaalea hahmo. Ensin luulin häntä lapseksi. Mutta täällä, keskellä metsää? Eikä hän oikeastaan näyttänyt lapselta, eikä ainakaan hätääntyneeltä, mitä noin pieni lapsi täällä yksinään olisi varmasti ollut. Hänellä oli vaaleankeltainen tukka, joka sojotti joka suuntaan ja hohteli myöhäispäivän auringon valossa. Pirteät kasvot ja pieni, vähän pysty nenä. Päällystakkina hän näytti pitävän jonkinlaista vaaleata kaapua, joka peitti hänet kokonaan, paitsi jalat, joihin hän oli pujottanut pitkävartiset, keltaiset saappaat. Siinä hän vain istuskeli ja heilutteli huolettomasti jalkojaan. Hän tuntui hymyilevän itsekseen – vaiko minulle? – kun hän katseli minua. Päätin mennä lähemmäksi.

– Öhm... hei, sanoin varovasti.

– Heipä hei! hän tuikkasi takaisin.

– Mitä sinä täällä teet? Missä sinun vanhempasi ovat?

Hän katseli minua ja virnisteli, sanomatta mitään.

– Tiedätkö sinä, miten pääsen täältä pois?

– Mistä "täältä"? hän kysyi.

– Metsästä tietysti. Minä olen eksynyt.

Hän alkoi nauraa. Ihan viattomasti ja ystävällisesti mutta se ärsytti minua. Mitä nauramista eksymisessä voi olla?

– Siis *eksynyt*, ymmärrätkö? En löydä tietä!

– Ai sinä haluat pois täältä? hän vastasi. – Kyllä minä voin neuvoa. Minä tiedän polut hyvin.

– Kuka sinä olet? Asutko sinä täällä?

– Minä olen Nin.

NIN, KUTEN HÄNET YSTÄVIEN KESKEN TUNNETAAN (HÄNEN KOKO NIMEÄÄN, JOKA KUULUU JOTENKIN NÄIN: DERAPI PININ (KOLMAS NIMI, TÄSSÄ, ON VAIKEASTI ÄÄNNETTÄVÄ SANA MEILLE IHMISILLE, KUIN HILJAINEN, KUPLIVAAN NIKOTUKSEEN PÄÄTTYVÄ KUISKAUS) YMLASHR, KÄYTETÄÄN NIIN HARVOIN, VAIN ERIKOISEN JUHLAVISSA TILAISUUKSISSA KUTEN ESIMERKIKSI SYNTYMÄPÄIVILLÄ) KERTOO MERKILLISESTÄ KOTI-PAIKASTAAN JOTA EI OLE MERKITTY MILLEKÄÄN KARTALLE

ritin uudestaan: — Asutko sinä täällä? Täällä metsässä?

— Kyllä minä asun — tavallaan.

— Tarkoitan... (aloin jo hieman tuskastua) ...mitä sinä täällä teet? Mistä sinä siihen ilmestyit?

— Ai mistäkö? Kysytkö sinä?

Hän nojautui mukavasti sammaloituneeseen oksantyn-kään, aivan kuin valmistautuen pidempäänkin tarinointiin. Ehkäpä juuri niin.

— Niin, että mistä? Oikeastaan, en minä tiedä enää itsekään. Minä kai kävelin jossakin harhaan. Tai luin jonkin kyltin väärin. Vaan samapa tuo, tässä minä nyt olen.

— Yksinäsi.

— Niin, minä vain.

Katselin häntä. Ei, yksinäiseltä hän ei näyttänyt. Ei ollenkaan.

– Meitä oli monia, vielä silloin kun me lähdimme matkaan. Me vaeltelimme ympäriinsä. Joskus me kinastelimme ja erosimme, ja sitten tapasimme taas. Ja aina joskus joku katosi omille teilleen. Siis ihan hävisi, tykkänään.

– Mitä? Katosi?

– Niin, me kun matkalla me jouduimme usein kulkemaan eri reittejä, kun joku ei päässyt toista seuraamaan, ei halunnut tai voinut. Ei mahtunut, ei osannut, ei ehtinyt. Vaikka mistä syystä. Tapaamisesta sovittiin aina, mutta kun maasto oli meille tyyten vieras, niin usein kävi niin ettei kohtauspaikalle sitten toista kuulunutkaan.

– Minä kysyin missä sinä asut – missä on sinun kotisi? Missä? Osaatko kertoa?

– Hm! Se ei kerro sinulle mitään... mutta sen paikan nimi oli – ja on yhä – hm, miten sen kääntäisi teidän kielellenne...

– ajl-Trylum, kuulin hänen äänensä lausuvan. Mutta en nähnyt hänen sanovan sitä. Tarkemmin ajatellen ääni kuuluikin minun mielessäni.

– Sanoitko sinä jotain? kysyin.

– En sanonut, Nin sanoi, ja katseli taivaalle. – Kuulitko sinä sitten jotakin?

– Minä kuulin... Toistin kuulemani, niin hyvin kuin osasin.

– Pöhkö! Nin nauroi. – No, jos tuo on parasta mihin sinä pystyt, se kelvatkoon. Niin sieltä minä olen kotoisin. Nätti nimi, eikö totta?

– On ... on se kaunis. Jos se on talon nimi niin se on aika erikoinen. Vai kyläkö se on? Missä päin se on?

– Vähän vaikea selittää. Sanonko että kuun ja auringon takana, ruohonkorsissa, metsän varjoissa, ajatuksissa? No niin, enkös sanonut, Nin totesi nähtyään ilmeeni. – Yhtä kaikki, se oli meidän kotimme, Nin jatkoi. – Ja on aina oleva – me vain aloitimme vaeltamisen ja harhauduimme... Yleensä me kyllä onnistuimme, lopulta, löytämään toisemme uudestaan. Melkein aina kuitenkin melko paljon myöhemmin. Vahingossa jotenkin. Tai vaikkei niinkään olisi onnistanut niin osasimme me sentään lähettää viestejä toisillemme.

– Tarkoitat kirjeitä tai sellaista? Millaisia viestejä?

– Sinähän oletkin utelias! Nin tokaisi. – Laskimme ne vain tuulien vietäviksi. Aina ne löysivät perille... ja väliäkö hällä vaikka eivät aina löytäneetkään.

Tuo ei selvittänyt paljoakaan. Nin huomasi hämmennykseni mutta ei näköjään välittänyt siitä vähääkään.

– Minä nyt majailen täällä, pääasiassa, hän jatkoi. – Tupsahdin vain vahingossa näille maille ja tässä sitä ollaan. Hyvin kävi. Minä viihdyn täällä.

Nin heilautti kättään ja puuryhmä hänen takanaan katosi, kuin savuntuprahdus tuuleen. Sen paikalle ilmestyi matala, ruokokattoinen maja.

No totta kai. Ihan tavallista. Mitäs tuosta.

Olin tyrmistynyt. Nipistin silmät hetkeksi kiinni, hieroin niitä ja avasin ne uudestaan. Maja oli yhä siinä. Pieni kepakoista ja sammalesta koottu soma asumus, jossa ei ollut kerrassaan mitään erikoista paitsi se että sen ei olisi pitänyt olla siinä. Joka puolella majan ympärillä seisoi matalia, pieniä kivihahmoja. Ne muistuttivat minua niistä kääpiöpatsaista, joita voi joskus nähdä talojen pihoilla.

– Esimerkiksi, minä voin rakentaa mielin määrin ja mieleni mukaan tällaisia pikku asumuksia. Tai isompia. Oikeastaan ihan miten isoja vain haluan, Nin sanoi tyytyväisenä.

– Tuollaisia pikku peikonmökkejä?

– Sinä näet sen niin. Jokainen näkee ne eri tavalla. Joskus se vielä suretti minua, kun muut näkivät kaiken tekemäni niin kummallisesti. Mutta ei enää. Nyt se on minusta oikeastaan aika hauskaa.

– Sinä olet pystyttänyt myös tuollaisia kivitonttuja melkoiset määrät, sanoin, samalla kun tuijotin majaa ja sen pihaa. Vain jotain sanoakseni ja jatkaakseni tätä yhä epätodellisemmalta tuntuvaa keskustelua.

– Ai tonttujako ne sinusta ovat? Kyllä, minä veistelen niitä, kun se minua huvittaa. Aika usein huvittaakin, täytyy myöntää. Kerrankin minä tein sellaisen oikein sievän, pienen kivikääpiön. Ja eikös joku sanonut että se oli pelottavin hirviö mitä hän oli kuunaan tavannut. Se kuulemma vain seisoa jökötti siinä hänen edessään Seisoi, raskaana ja synkkänä. Oh jaa. Minä sitten kesytin sitä vähän, opetin sitä rupattelemaan. Mutta eihän se mitään kepeitä tietystikään oppinut, kun se oli kerta kiveä. Ja loitsia minä osaan, ja manailla. Sanoinko minä sen nyt oikein? Manailla?

– Se tarkoittaa vähän niin kuin kiroilua.

– Ai. Ei sitten. Minä tarkoitan voimasanoja, sellaisia *tehokkaita*, jotka saavat tapahtumaan jotakin. Minä pidän siitä kun *tapahtuu* kaikenlaista. Ja sitten minä keksin uusia leikkejä, vaeltelen, paistattelen päivää ja juttelen muiden kanssa. Muiden, ja puiden. Harottajiksi me niitä täällä kutsumme.

Ei tämä voinut olla todellistakaan! Mutta siinä tuo hahmo vain jutteli minun edessäni.

– Et sinä ole oikeasti olemassa. Minä näen unta. (Tai olen tullut hulluksi, ajattelin.)

– Olenpas, Nin sanoi ja heitti minua tatilla. Tai saattoi se olla tavallinen haperokin. Väistin, ja samalla Nin heitti minua vielä kuusenkävyllä. Tällä kertaa en ennättänyt ja käpy napsahti kipeästi otsaani.

– Ai! Älä!

– Vakuuttiko tuo yhtään? Paras vain uskoa, kuule. No niin, tuollaisia minä siis puuhailen. Silloin kun ei ole tähdellisempää tekemistä. Päivisin. Illalla onkin aika värkätä maja johonkin suojaisaan koloon, aamun odotteluun ja turvapaikaksi.

– Turvapaikaksi? Niin kuin metsän eläimiltä ja sellaisilta?

– Miksi eläimiltä? Niin kuin ne olisivat jotenkin pahanilkisiä! Ei tietenkään!

– No miksi sitten?

– Sitä tarvitaan. Varsinkin öisin. Kun on vipinää sfääreissä, niin kuin sanotaan. Silloin näet tapahtuu outoja: ulkona varsinkin, ja jopa sisällä! Majan seinät esimerkiksi saattavat herätä eloon ja vaihtaa paikkojaan, ja joskus kaikki minun pikku tavarani ja liemikulhoni menevät aivan sekaisin. Niinkin voi sattua, että kun herään aamulla, koko maja on kadonnut tai on jossakin uudessa paikassa jota en ole ikinä nähnytkään. Sieltä minä sitten kömmin ulos katselemaan aurinkoa, potkaisen kyhäelmäni kasaan...

Nin viittasi kädellään ja maja katosi taas jäljettömiin.

– ...ja lähden sinne mistä tuuli mukavimmin tuntuu puhaltavan... ja sitten... kuuntelepa hetki!

Nin jäi katsomaan minua, sanomatta mitään. Minä yritin kuulostella mutta en erottanut muuta kuin lehvien havinaa ja tiaisten sirkutuksen.

– Mitä minun pitäisi kuulla?

– Etkö huomaa? Jossakin tässä, tämän kaiken takana – puiden lehdissä, ilmassa, auringon lämmössä tai jossakin siinä välissä, en oikein osaa sanoa missä – soljuu vanhaa, salaperäistä kertomusta. Kuin oikein muinaisen, naava-partaisen ikimuistin jupinaa, hidasta musiikkia joka on niin hiljaista ettei siitä saa mitään selvää jollei kuuntele hyvin tarkkaan.

– Tuuli humisee...

– Ei, ei se. Mutta sitä kertomusta minä kuitenkin kuuntelen, usein kun olen yksikseni. Vaikka se paljastuu sitten kyllä yleensä niin hämärästi ettei siitä aina oikein tiedä, minne se johtaa. Vaikka väliäkö tuolla, kunhan se jonnekin vie. Ja sitten, on henkiä, tiedätkö? He osaavat näyttää, missä ovat meret ja vuoret, jotka kaikki ovat jo unohtaneet mutta joiden luo tarvitsee vain mennä hiljaa ja yllättäen että ne havahtuisivat. Sinä tietysti nyt ihmettelet, että mitä nuo mokomat oikein ovat?

– Niin hengetkö? Niin ihmettelen.

– Teillähän on kirjoja, eikö olekin? Sama juttu. Paitsi tietenkin ihan eri. Henkien tarinat eivät ole koskaan kahta kertaa samanlaisia. Varovainen vain pitää olla –.

Ninin juttelu keskeytyi hetkeksi. Toinen, melkein täsmälleen Ninin pituinen hahmo tallusteli esiin hänen takanaan olevasta pensaikosta. Punatukkainen, vihreänuttuinen, ehkä vähän näsäviisaan näköinen olento, josta ei kuitenkaan voinut erehtyä: hän tuli sieltä mistä Ninkin. Hän käveli aivan äänettömästi, en kuullut risahdustakaan. Hän huikkasi Ninille iloisesti ja jotakin välähti heidän välillään. En ollut varma, mutta minusta näytti aivan siltä kuin Nin olisi heittänyt tulijaa valonsäteellä. Ja tämä vastasi heti samalla tavalla.

NININ KIISTA SEN YSTÄVÄNSÄ KANSSA, JOKA TUNNETAAN
YLEENSÄ VAIN NIMELLÄ JARA, SEN VUOKSI ETTÄ HÄNEN OIKEA
NIMENSÄ ON, PAITSI LIIAN PITKÄ MAINITTAVAKSI TÄSSÄ EDES
OHIMENNEN, MYÖS NIIN VAIKEASTI LAUSUTTAVISSA ETTÄ SITÄ
ON KÄYTETTY TUSKIN KERTAAKAAN SEN JÄLKEEN KUN HÄN SEN
SAI

arovainen siis pitää olla, Nin jatkoi. – Pitää liikkua
niin että tuskin korsikaan, tuskin ajatus edes
liikahtaa, nuuskittava ihan hiljaa tietä eteenpäin.
Muuten ei näe eikä kuule yhtään mitään. Voipa olla niinkin,
että se mitä yrittää tavoitella, karkaa aivan kuin sitä ei olisi
koskaan ollutkaan.

– Minulle on usein käynyt niin, Jara sekaantui puheeseen.

– Puppua, Nin sanoi. – Tässä on ystäväni Jara. Hän on
oikein kepeäjalkainen ja taitava, vaikka noin väittääkin. Hän
ei kopistele.

– Tuo se on puppua, Jara vastasi.

– Vaatimaton lurjus! Nin sanoi, hipaisten kevyesti Jaran
hiuksia. – Miten paljon me olemme täällä samonneet! Ja
aina kuin kaksi höyhenen varjoa, mitään taittamatta.

Nin katsoi minua ja lisäsi: – Aina kun hän palaa niiltä
hänen iänikuisilta retkiltään näet.

– Miten niin? Jara kysyi.

– Mitähän retkiä ne mahtavat olla? minäkin kysyin.

– No, hän on niin levoton. Hän vaeltelee. Ulos, niin kuin hän sanoo. *Teidän* luoksenne. *Hmiisten!* Seuduille, jotka tosiaan koetaan, joilla tietää olevansa silloin kun kykenee kolhimaan koipensa kiveen.

– Siellähän me nyt olemme! Minä olen täällä, minä kävelin tuon polun tänne ja ... tuota ...

– Et muista, vai mitä?

– E-en, sanoin hölmistyneenä, samalla kun muistin Ninin tekemät silmänkääntötemput. Mitä oikein oli tapahtunut? Mistä minä tulin tänne? Ja ennen kaikkea: *missä minä nyt olin?*

– Näetkös nyt? Mutta sinne voi mennä, ja olen minä siellä käynytkin, mutta enpäs ole viihtynyt. Mistäs me silloin juttelimmekaan –.

Nin napsautti sormiaan, silmissäni välähti ja humahti. Suljin silmäni hetkeksi ja seuraava asia minkä tajusin oli, että Nin ja Jara väittelivät kiivaasti jostakin. Avasin silmäni ja näin että me olimme nyt pienellä kalliolla, jota täplitti ryhmyisten puunoksien läpi siivilöityvä auringonvalo. Oravat juoksentelivat puissa ja pysähtelivät rupattelemaan keskenään kielellä, joka kuulosti minusta tutulta ja käsitettävältä – aina siihen asti kun koetin todella kuunnella sitä. Metsä oli täynnä ääniä, jotka olivat ärsyttävästi lähes, mutta eivät aivan, minulle ymmärrettäviä.

En myöskään nähnyt itseäni lainkaan, vain heidät. Kuin olisin katsellut heitä unessa. No, tai aivan kuin elokuvassa.

Kolmiulotteisessa tosin. Kaikkialla ympärilläni. Siis – no, käsitättehän.

Jara elehti vilkkaasti, koetti todistaa Ninille jotakin mistä Nin oli mitä vastakkaisinta mieltä:

– Pitääpä! Jara kivahti.

– Eikä!

– Kylläpä!

Nin nosti kädet puuskaan:

– Suojattomille aukioille! Karuille kivikoille! Miksi sinne? Komerosta komeroon, ovesta aina uudelle ovelle, läpi sen rojun mitä he haalivat ja liepeet repaleisina...?

– Kyllä minä sen tiedän. Komeroihin, kodeiksi he niitä sanovat, täynnä varjoja. Ensin riisutaan nuotiolta kuumuus ja vedeltä kosteus ja sitten säilötään ne ja pistetään takan reunalle lasikupuun ja töllistellään.

– Miksi sinun sinne pitäisi mennä?

– Ensinnäkin, siellä on ystäviä. Eikö siinä ole jo syytä kylliksi?

– No on. Tuon minä ymmärrän kerrassaan hyvin.

– Sitä paitsi minä olen kuullut, että siellä on tekeillä katalia!

Nin huokasi.

– No niin tietysti, taas jotakin muutakin. Mitä kumman katalia?

– Portit sulkeutuvat, polut kivetään. Tiet metsiin, tänne, katkeavat. Iso umpisolmu tulossa.

Jara käveli pieniä kehiä Ninin ympärillä ja huitoi käsillään, värisytti ääntään pelottavalla tavalla.

– Kaikki on muutenkin aina erilaista.

– Sanopa, millaisia ovat ihmiset joita olet viime aikoina nähnyt?

– Ensinnäkin, tuskin olen nähnyt. Ja jos olen, hm... he ovat olleet aika kömpelöitä. Tulee mieleen piirrokset, jotka on tuherrettu paksulla sudilla kun olisi pitänyt käyttää ohutta ruokoa.

– Sitä minä tarkoitan!

– Ja mitä sinä sitten tekisit? Pistäisit nenäsi sinne. Tai tekisit jotakin?? Pienenpienen rippusen. Ja se olisi jollekin kärsivälle paralle liikaa, niin että hän lähtisi karkuteille ja etsisi vielä tuoreita vesiä hätäilyyn ja tuskailuun ja likailuun. Vikaan se menisi.

– Täytyy yrittää toisin, luulen. Niin kuin horjahdetaan. Vähän niin kuin tungoksessa vieressä hoippuvaa vasten muka vahingossa, ja pujahdetaan taskuun. Sitten –.

– Sitten oltaisiin taskussa.

– Ei, kun sitten kerrotaan tarinat uudestaan. Kirjoitetaan kivet toisin.

– Minä olen käsittänyt, että ihmiset eivät ihmeemmin saduista välitä?

– Voi kyllä. Kyllä he välittävät. Ja he sepittävät, hengittävät ja elävät satuja. He jopa ostavat satuja. Paljon ostavatkin. Syövät vaikka huonosti ja kulkevat sairaina mieluummin kun ovat ostamatta. Se onkin yksi satu johon he tykkäävät uskoa, että juuri näin sitä toimitaan.

– Kaistapäistä, Nin tokaisi.

– Ongelma siinä on oikeastaan se, että kertojia on niin

vähän... Jara sanoi ja jäi miettimään jotakin.

– Eikä päinvastoin? Selvä se. Niinhän se tietenkin on. Eli MITÄ?

– Hmm? Ai niin, Jara havahtuu. – Niin, onhan heitä paljon, mutta kaikki ovat samanlaisia. Eli yksi ja sama. Käärepaperit vaihtelevat mutta sisällä ei ole koskaan mitään.

– Tiedätkö, minuakin huvittaisi nyt juuri lähteä matkalle jonnekin kauas pois. Mutta näköjään ihan tyyten eri suuntaan.

– Mainiota. Sitten voisimme taas vaihdella kuulumisia kun näkisimme uudestaan.

– Niinpä kai... mutta tiedäthän mikä on *matka*?

– Tiedätkö *sinä* mitä tapahtuu jos kaikki polut sulkeutuvat? Minnekään ei enää pääsisi. Muurit välillä olisivat ikuiset, sen jälkeen!

– Se olisi vihonviimeistä.

– Se olisi.

Jara piirteli pieniä ympyröitä ilmaan jotka sädehtivät heikosti hetken, sitten katosivat. Ja vastasi sitten:

– Niin matkako? Se on tietenkin aina retki jolta ei ole paluuta. Eikö?

– Tietysti.

– Ja?! Ei siinä ole mitään uutta! Niin sen kuuluu mennäkin! Sitä paitsi haluaisin tosiaan nähdä Andrein. Ikiajat kun hän lähti teilleen.

– Ikiajat kun kaikki lähtivät. Hajosivat kuin pikku kasa olkia myrskytuuleen. Ja paljon muuta on liikkeellä myös... tien päällä ei aina löydä hyvää seuraa. Ja matka muuttaa aina, sitä enemmän mitä yksinäisempi on. Tiedätkö, kun pakkasessa koskee rautaan niin se kylmettää. Sitä minä tarkoitan. Siinä on vaara. Siellä sitä sitkistelisi, mittelisi voimiaan eikä sitten äkkiä enää jaksaisikaan. Väsyisi ja eksyisi – ja sitten kohta ei enää ymmärtäisi, mistä lähti, minne ja miksi. Tai missä on. Eksyisi vielä unettomien puolelle. Ja mitäpä silloin?

– No jos ei kynnä samaa uraa liian syvään, niin ei voi eksyä pahasti mihinkään umpikuiluun.

Jara oli huvittunut kömmähdyksestään. – Ei vaan umpikujaan, piti sanomani.

– Jos ei jääristy siis. Eikä siitä ole pelkoa...

– ...jos ei ole yksin, Jara täydensi.

– Päivänselvää siis. Minun täytyy lähteä sinun mukaasi. Ja sinusta se on hyvä idea.

– Ai on? Ihanko totta? Sinähän vastustit koko ajatusta!

– Saattaa olla, mutta jos sinua ei saa muuttamaan mieltäsi, minä tulen mukaan. Muistan viime kerran kun sinä lähdit yksinäsi. Olit ihan erilainen kun palasit, jotenkin – jähmeämpi. Meni iät ja ajat ennen kuin sain ravisteltua sinut hereille. Joten tällä kertaa jos sinä lähdet, lähden minäkin.

– Mmm, Jara mumisi ja katseli jonnekin kauas. Hän mietti, ja katseli. Ja piirteli ympyröitä. Nin hymyili. Hän tiesi että Jara suostuisi.

Eloisa kuvavirta, jonka Nin oli loihtinut nähtävilleni, katosi ja siinä me olimme taas, aukiolla. Omituista, kerrassaan. Aloin silti hieman rauhoittua, tai paremminkin alistua, ehkä olin höpsähtänyt tykkänään, tai erittäin todentuntuisessa unessa, mutta en voinut toistaiseksi asialle mitään. Ja tämä oli aika kiinnostavaa.

– Niin, me sitten lähdimme, Nin jatkoi. – Siitä tuli kyllä melko tylsä retki – ja kun minä sitä nyt ajattelen näin jälkeenpäin, ikään kuin parrakkaana, kokeneena hurjana, niin sanonpa vain että en moiseen ala uudestaan!

– Aivanko totta? Jara kysyi. – Moista palturia en ole usein kuullutkaan!

– No vähän saatan joskus keppostella ihmisten kanssa, Nin sanoi. – Kamppaan vähän että nämä tuuppaisivat nenänsä äkkiarvaamatta johonkin mättääseen. Niin kuin sinua nyt.

– Vai niin, sanoin. – Minä siis –?

– Niin, sinä näit meidät koska minä halusin niin. Niitä jotka eivät osaa pysähtyä minä en kyllä voi auttaa. Sinä sentään osaat. Mutta on kyllä hyväkin ettei uteliaita tule enempää. Suurempi joukkio vain nuuskisi jokaisen kolon ja kääntäisi jokaisen kiven ja pelottaisi kaiken aremman piiloon.

– Tuo mitä Nin kertoo, ei ole tietenkään totta, ei sillä tavalla kuin sinä kuvittelet, Jara katsoi tarpeelliseksi lisätä.

– Ei, eipä tietenkään, sanoin, ymmärtämättä tuon taivaallista.

Nin mietti hetken.

– En minä muuten edes osaisi. Mitenkä jostakin ei juuri minnekään, tänne siis, voisi tehdä tien jota eksymättä kulkea? Eikä tänne ei pääse väkisin yrittämällä.

– Tuskin ylipäätään yrittämällä, Jara lisäsi avuliaasti.

– Ei, vain ne, jotka ovat varovaisia ja osaavat eksyä, tulevat. Eikä heitä tarvitse houkutella. Heille täällä riittää tilaa sillä he ovat niitä jotka tuovat oman tilansa mukanaan.

– Mitä?

– Mii tä, mi mi tä, Nin matki ja kääntyi Jaran puoleen:

– Onko heillä ihan harrastuksena tuon hokeminen?

– Niin minä olen huomannut, Jara vastasi. Minun mielestäni hiukan virnistellen.

– No, Nin jatkoi minulle, – niin kuin nyyttikestit. Olet kiltti vieras, jos tuot mukanasi omat eväät. Jos tulet tyhjin käsin niin olet rosvo. Eikös niin? Elikä kun tulet, tuot henkesi ja tarinasi mukanasi. Kunhan ne eivät ole liian puisevia. Sanoinko muuten jo että täällä voi liikkua vain eksymällä?

– En muista ainakaan. En ole tosin varma, ja suoraan sanoen en oikein ymmärrä –.

– No nyt sanoin, Nin sanoi hymyillen. – Sepä tässä onkin niin mainiota. Ja tosiaan vähän myös vaarallista: jopa minä olen joskus jäänyt jonkun väijyneen häijyhengen paulomaksi ja alkanut, kuin unessa, kulkea kohti kuumyrkkyjen soita. Niille jos joutuu hukkaa kohta tietonsa siitä mistä tuli tai kuka oli. Kaikki suunnat näyttävät samanlaisilta, ja kun yrittää eksyä niin huomaa aina palaavansa samaan paikkaan. Eikä sinne osaa kukaan, ei ystäväkään.

– Kuulostaa muuten seikkailulta, Jara sanoi.

– Ei se sitä ole kun se on hulluutta. Sinne kun joutuu, niin häijyläiset jauhavat pikku palasiksi. Tai sitten sen tekee itse.

Jara katseli Niniä, toinen silmä sirrillään ja näytti aikovan sanoa jotakin. Nin ehätti ensin:

– Tjaa, vaikka vähänhän minä siitä oikeastaan tiedän, kun ei minulle ole niin käynyt. Mutta olen minä törmännyt joihinkuihin sinne päätyneisiin. Törmännyt, sanon, vaikka sellaisen onnettoman tapaaminen on vähän kuin tuulena kulkisi pienen kiven ohi ja yrittäisi koskettaa sitä. Niin toivotonta, niin lohdutonta..., Nin sanoi ja niin perin pohjin murheellisella äänellä että selkäpiitäni karmi.

– No ei sentään, kunhan höpsin, Nin nauroi. – Minä olen vain kuullut siitä. Mutta kumminkin, noin yleensä ja melkein missä vain: jos osaa hyvin eksyä ja on rohkea, ei ole hätää. Haluatko sinä nyt kuulla, mitä meille sitten sattui?

– Ai kun te lähditte sille matkallenne? Mistä kinastelitte? Haluan.

– Lyhyesti: me lähdimme tarpomaan, Nin sanoi. Ensiksi me hilauduimme tapaamaan muuatta Jaran tuttua, joka asui ihan ihmisseutujen laitamilla. Siis melko lähellä. Hupsu ukko, majaili yksinään erään suon laitamilla... niin no, kohta näet.

Nin napsautti taas sormiaan.

Ja taas valo räsähti ympärilläni. Aukio jolla olimme katosi, ja näin edessäni laajan, karun ja aution maan. Se rajautui vettyneeseen alueeseen, joka näytti lähinnä rämeeltä, mutta maa allamme oli hyvin kuivaa. Vain joitakin rääkkäytyneitä korsia kasvoi siellä, sekalaisten ihmisjätteiden seassa. Rämeiköstä kuului sammakkojen äänekästä kurnutusta.

äällä on hirveän kirkasta. Nin hieroi silmiään.
– Häikäisee. Missä me olemme?
– Tämä on vähän niin kuin esikaupunkia. Ei ihan missään mutta melkein.

– Ja kaupunki, tai kyläkö se on, on tietysti sitten tuolla missä nuo kuutiorykelmät kasvavat?

– Niin kai. Täällä ei juuri puita kasva.

– Minä huomasin sen. Ikävä paikka! Miksi me olemme täällä?

– Meillä on tapaaminen, odotahan vain.

– Minä istuudun tähän. Huh. Onpa raskasta matkustella tällä tavalla.

Nin istahti pienelle kivelle ja alkoi leyhytellä itseään saniaisenlehdellä.

– Seiso sinä, jos huvittaa. Tähystele.

– Ei tarvitse kauaa odottaa. Tuolla hän on, Jara sanoi.

– Mitä? Missä? Nin kyseli ja käänteli päätään. – Minä en näe ketään.

– Tuolla, tuossa talossa.

– Enkä kyllä taloakaan. Tuon suon näen.

– Sen laidalla. Sitä ei vain näe. Seiniä ei voi nähdä, eikä taloa, se on aivan läpinäkyvä. Mutta kyllä hän varmasti näkee meidät.

– Onpas hassua. No mistä sinä tiedät, missä hän nyt on?

– Savupiipusta tulee savua, katso vaikka!

Nin katsoi Jaran osoittamaan suuntaan ja näki savu-patsaan joka näytti nousevan tyhjästä, keskeltä kuumaa ja kirkasta ilmaa.

– Tämä on kyllä hölmöintä, mitä minä olen ikinä nähnyt. Sitä paitsi, minä en huomannut äsken mitään savua. Mistä tuo pylväs yhtäkkiä ilmestyi?

– Hän lupasi sytyttää tulen nähdessään meidän tulevan. Nousehan, käydään kylässä!

Nin hyppäsi ylös ja he lähtivät kävelemään, kohti ilmassa roikkuvaa savupatsasta.

– Miksi hän sytytti tulen, ja tässä kuumuudessa vielä? Miksei hän vaikka tullut ulos ja vilkuttanut meille, tai huutanut. Jotakin sellaista kuin vaikkapa "hei"?

– Hän ei halua. Hän pysyttelee mieluummin visusti sisä-tiloissa. Oikeastaan hän ei voi. Ei enää.

– Mahtaa olla mökkiytynyt tyyppi. Osaakohan hän edes puhua? Varmaan hän vain huitoo käsillään ja örähtelee, tai tekee pienistä kivistä kummallisia kuvioita keskelle lattiaa ja osoittelee niitä tikulla.

– Voi, kyllä hän puhua osaa. Liikaakin, oikeastaan. Mutta kuulijoita ei taida liiemmin olla.

– Ei varmaan, jos asuu yksinäisessä, näkymättömässä talossa unohdetun suon laidalla, jollakin jättömaalla. Katsopa tuota lampea: vesi kimaltelee ja sammakot pohdiskelevat. Katso. Mennään kuuntelemaan kurnutusta.

He pysähtyivät hetkeksi suolammen laidalle, jossa sammakot polskivat tummassa vedessä. Yksi niistä tervehti heitä sanoen kohteliaasti:

– Kroaak kurk.

Sain tietää, että Ninillä ja Jaralla ei ollut mitään vaikeuksia ymmärtää eläimiä. He puhuivat ja kuuntelivat sujuvasti kai miljardeja kieliä, ja murteet lisäksi, niin Nin ainakin minulle vakuutti, joten matkoillaan he joutuivat useinkin tulkkaamaan vaikkapa ankkojen ja pienien lehtisammakkojen, konnien ja maakilpikonnien välisiä tarinointeja. Joskus he päätyivät myös sovittelemaan kiistoja, esimerkiksi sammakoiden ja kurkien välillä, kun jälkimmäiset härkäpäisesti tahtoivat syödä edellisiä ja sammakot yhtä härkäpäisesti ja nurkkakuntaisesti tahtoivat keskittyä vain omiin puuhiinsa, vailla minkäänlaista halua joutua jonkun satunnaisen turistin vatsaan. Mutta koska Nin ja Jara osasivat lisäksi monia unohdettuja kieliä ja keksivät itse uusia harva se päivä, ei heidän kielitaidollaan ollut käytännöllisesti katsoen mitään mittaa eikä rajoja.

Jara lähestyi vedenelävää.

– Kurk kurk. Kuule, mitä kautta tuonne pääsee sisään?

Sammakosta oli tosi tylsä idea tahtoa ylipäänsä johonkin mökkiin sisälle, ja erityisen hölmöä siitä oli haluta sisään tuohon asumukseen. Se ei kuitenkaan Niniä ja Jaraa lannistanut, ja kohta he onnistuivat onkimaan selville mitä heidän tuli tehdä. Heidän tarvitsisi vain kävellä lähelle savupatsasta, istuutua maahan johonkin sen lähelle ja odottaa. Niin he tekivätkin.

– Kuule, miten hän jäi kiikkiin oikein? Nin kysyi, kun he istuutuivat maahan, aivan tummanpuhuvan savupatsaan luokse. – Tai siis, kuinka hän joutui tuohon taloon?

– Sama vanha lorun loppu, vähän surullinen. Hän oli näet seikkailija.

– Niin ja?

– Niin ja hän alkoi rakentaa venettä, jolla hän voisi purjehtia. Kaunista venettä, täysin varusteltua, mastoineen, purjeineen ja vantteineen. Mutta hän kulutti sen tekemiseen niin paljon aikaa, ettei hän sitten enää raaskinutkaan lähteä sillä minnekään. Eipä silti, ei hän olisi koskaan voinutkaan, kun hän oli rakentanut sen tuohon. Tuon pienen suon laidalle. Niin hän alkoi asua siinä ja siitä tuli hänen kotinsa.

– Ihan vahingossa vai?

– Niin se käy. Kun hän löi niin sanoakseni viimeisen naulan, eli sanoi viimeisen sanansa...

– Joku jumalako hän onkin? Sanasieppo?

– Tarkoitin, että kun hän vihki sen käyttöön. Sanoinhan minä, että hän osaa kyllä puhua. Siis, kun hän oli saanut kaiken valmiiksi, hän oli tyytyväinen ja jäi siihen asumaan. Eikä hän sen koommin ole käynyt enää missään.

– Miten hän saa aikansa kulumaan? Jos hän ei koskaan näe ketään?

– Eipä se juuri kulukaan. Kas niin.

Ilmassa heidän edessään ja ympärillään alkoi virrata jotakin harmaata. Pian harmaat, epäselvät hahmot alkoivat tiivistyä. Ensin ne pyörteilivät ja kiertelivät kuin savu, sitten ne alkoivat kiinteytyä vaakasuoriksi ja pystysuoriksi, tasaisiksi pinnoiksi. Talon seinät. Nyt saattoi nähdä, että rakennelma oli selvästi joskus tarkoitettu kulkemaan vesillä, tuiskussa ja tuiverruksessa. Paitsi että se oli aivan liian raskas, aivan liian koristeltu ja kömpelö, että se voisi koskaan purjehtia.

Nyt koko rakennus oli aineellistunut heidän ympärilleen. Seinät olivat nyt läpinäkymättömät ja lattia alla luja kuten lattia ainakin.

Sisällä oli hämärää. Siinä oli vain yksi pitkänomainen huone, joka oli yhtaikaa keittiö, makuuhuone ja olohuone. Muuratussa tulisijassa paloi tuli ja sen edessä seisoi joku. Takan sivulla oli kaksi suurta nojatuolia. Nin hypähti toiseen niistä ja kohdisti katseensa mieheen, kun taas Jara käveli tämän eteen. Mies heilautti kädessään jotakin joka näytti Ninistä tavalliselta maisemakortilta:

– Tätä te varmaan olette etsimässä.

– Hyvä että sinä tiedät, me emme. Mikä se on, näytähän, Jara sanoi ja otti nuhjuisen kortin. – Aahaa. Aha. Kiitos vain.

– Eli mikäs se on? Nin kysyi, silmäillen miestä. Hänellä oli monenkirjavat vaatteet, puhtaat kyllä mutta uskomattoman repaleiset. Hänen katseensa oli jotenkin samea ja väsähtänyt, niin kuin hän olisi juuri noussut päivänokosilta.

– Tämä on Andreilta, Jara sanoi.

– Näetkö nyt? Nin sanoi iloisesti, aina ne löytävät perille!

– Ja, tuota noin, kukas hän sitten on?

– Hän on ystävä. Niin eli näin, pulassa hän on. Omituinen

osoite tässä.

Jara silmäili riipustuksia. Nin jatkoi katselemista, miehen iho oli kalpea, melkeinpä harmaa, ja sen vuoksi suuri, punainen finni hänen poskessaan näytti lähinnä loistavalta värilampulta. Nin näytti tuijottavan tuota finniä aivan erityisen ärtyneesti.

– Siellä kylällä on ihmisiä, jotka voivat neuvoa eteenpäin, luulen, mies sanoi. – Sikäli kun heitä tapaatte, siellä on ollut aika hiljaista viime aikoina. Ja levotonta.

– Levotonta ja hiljaista? Jara äimisteli.

– Niin. En ole tosin itse käynyt siellä, mutta –.

– Vähät puheista! Nin tiuskaisi. Jara ja mies vaikenivat ja jäivät tuijottamaan Niniä. – "Et ole käynyt". Et varmaan. Kun sinä olet asettunut kodiksi. Sitten. Tänne!

– Niinhän minä olen.

Nin nuuski töllin ummehtunutta ilmaa.

– Täällä on hirveän tunkkaista. Miten sinä voit hengittää täällä?

– Tunkkaista? Mies sanoi hieman hämmentyneenä, käsittämättä syytä puuskahdukseen. – Ei minusta.

Jara vilkaisi Niniä nopeasti mutta Nin ei välittänyt siitä vaan jatkoi,

– Ei varmaan niin. Etkö sinä koskaan tuuleta?

– En...

– Varmaan sinä retkeilet ainakin? Käyt pitkillä kävely-retkillä vetten ja iloisten lintujen luona, mitä?

– En, en oikeastaan. Joskus istuskelen tuossa pöydän ääressä ja katselen lasin läpi, se riittää minulle.

– Mutta tuossahan on ovi auki, nytkin. Etkö näe sitä? Mennään ulos.

– En minä näe mitään ovea.

– Tässä näin! Eikö näy?

– Minä näen vain seinän. Ei täältä pääse ulos. Joutavia. Ollaan vain mukavasti tässä nyt ja rupatellaan.

– Äh, pelkkää itsepäisyyttäsi sinä... kuule Jara, ovatko kaikki hmiiset samanlaisia kuin tuo?

– No... enemmän tai vähemmän.

– Pää täynnä hämähäkkejä ja varjoja? Homeisia ajatuksenpuruja eikä ikkunoita ollenkaan?

– Jotakin sellaista, Jara vastasi, uteliaana näkemään, mitä tapahtuisi. Kun Nin oli tuolla tuulella voisi sattua vaikka mitä.

Asukas ryhdistäytyi hieman ja sanoi:

– Minun pitää sentään pitää huolta talosta. Minulla on vastuuta. En minä voi tästä minnekään lähteä. Nytkin pitäisi korjata savupiippu, ja ikkunalaudat rapistuvat pian jollen maalaa niitä. Kaikenlaista on.

– Sinä et vain suostu näkemään että... sinä et uskalla! Kuules, tiedätkö sinä esimerkiksi mitä on eksyminen?

– Lapsena minä kyllä joskus eksyin metsään. Se ei ollut mukavaa.

– En minä sitä tarkoita. Vaan sitä, että sinä olet juurtunut tähän etkä uskalla kokeilla mitään uutta. Seuraavan puskan takanahan voi olla vaikka *mörköjä*, tai *kummituksia*, tai ties mitä kamalaa varalla sinulle, hää?!

– Älähän nyt, Jara tyynnytteli. – Onhan hän sentään

omassa kodissaan.

– Niin, tämä on minun kotini, mies sanoi tasaisesti.

– Ja kissan kontit! Ei se ole mikään koti sellainen, joka ei ollenkaan päästä otteestaan. Se on vankila, sellainen. Luuletko sinä, että tuolla ulkopuolella ei muka ole mitään?

– Mitäpä siellä nyt...?

– Olet vain unohtanut. Sinä olet vanha.

– Mistä te tulette oikein?

– Jostakin, missä eivät pölykoirat pesi sängyn alla, usko huviksesi! Nin töksäytti.

Jara vittilöi Niniä lopettamaan, ennen kuin mies pahastuisi.

– Mitä?? Nin kysyi äänekkäästi, välittämättä Jaran hyssyttelyistä.

– Katsos, hän on ihan tyytyväinen oloonsa. Annetaan ukon olla.

– Ai tyytyväinen? Ja sitä taas minä en usko. Huijausta! Silmänkääntötemppu! Odotahan.

– Minä olen rakentanut tämän kokonaan itse, mies kehui.

– Näettekö esimerkiksi nuo kohokuviot katossa? Minä olen ne kaikki itse veistänyt.

– Eikös sinun pitänyt tehdä vene? Minä olen vähän kuullut juttuja siihen suuntaan.

– Niin no. No niin no. Se nyt on niin vaikeaa. Mutta en minä ole pahoillani. Harmitti tietysti ensin, mutta lopulta opin viihtymään täällä.

– Kun olit ensin unohtanut, mitä oikeasti halusit, niin! Tosiaan! Niin kotoisaa! Niin rauhallista! Et uskalla kuunnella tuulen ääniä nurkissasi, et päästä mitään vierasta sisään. Että mikään ei muuttuisi.

– Liioittelua. Päästinhän minä teidätkin.

– Niin, miksiköhän?

– Kun olin ikävystynyt.

– Ahaa!

– Haa! säesti Jara innoissaan.

– Ikävä! Iikävä, Nin sanoi ääntään venyttäen. – Harmaa, synkkä kaapu, joka laskeutuu katosta yllesi. Ikävä, kulkee huoneesi lävitse, kylmettää ja jähmettää sen: se ei vastaa enää sinulle, puut takassa ovat märkiä, pannussa vesi jäässä, ja peilit palauttavat katseesi sokeina tuijottaen.

– Niinhän se on. Tuota juuri minä tarkoitin, mies sanoi ja jatkoi hetken keskittyneen otsanrypistelyn jälkeen.

– Tiedätkö, totta puhuen – minä kerron sen kun sinä tunnut ymmärtävän – oikeastaan minä olen toisinaan kaipaillutkin päästä taas matkaan. Vähän. Se tulee mieleen joskus iltaisin, kun minä haaveilen... Mutta se nyt on sellaista haihattelua. Eihän näin hienoa taloa, venettä – no tätä näin, raaski jättää tuulien riepoteltavaksi.

– Vai niin? Siinä tapauksessa minun täytyy vähän ravistella sinua. Sinä et näet saa jäädä omien pikku urotekojesi vangiksi, se on typeryyttä jos mikä!

Jara katseli Niniä, sanomatta kuitenkaan mitään.

– Sinä olet samaa mieltä! Nin napautti Jaralle. Jara istahti kuhmuiselle rahille ikkunan viereen. Nin otti esiin nyssäkkänsä, Sitten hän poimi sieltä esiin pinon hehkuvia maalauksia. Tai oikeastaan jäljennöksiä, mutta sillä ei ole väliä kun ne olivat niin hyvin tehtyjä. Ne Nin oli vihmonut kuukonnien syljellä ynnä muulla ovelalla abrakadabralla ja kaikki loistivat ihmeellisen kirkkain värein. Hän nousi ja näytti kuvia miehelle.

– Katsopa näitä.

– Maalauksia näkyvät olevan, mies sanoi.

– Valitse niistä yksi. Jokin, joka miellyttää.

– Miksi?

– Saat tietää kohta. No, valitse nyt.

– No vaikka... tämä.

Nin istuutui takaisin nojatuoliin ja teki pienen liikkeen sormenpäillään. Heti kuva alkoi kasvaa kokoa. Se kasvoi kasvamistaan, kunnes se kohosi heidän edessään lähes kattoon saakka. Se jäi seisomaan siihen, aivan miehen eteen.

– Oho, mies ähkäisi.

– Eivätkä nämä sitten mitään maalauksia ole vaan peilejä, Nin sanoi Jaralle sen enempää selittämättä, ja kääntyi sitten taas miehen puoleen.

– Katsele sitä tarkasti. Oikein tarkasti. Mene seisomaan sen eteen.

Mies nousi ja jää seisomaan taulun eteen. – Näinkö?

– Mitä sitä minulta kyselet? Etköhän itse huomaa, mistä näet sen parhaiten.

– ...selvä. Ja sitten?

– Katselet sitä, rotta vieköön! Osaat kai sinä silmiäsi käyttää?

Mies silmäili maalausta, väliin lähempää, väliin kauempaa, löysi sitten mielestään sopivan paikan ja jäi seisomaan. Ja katseli. Jarasta näytti kuin miehen kieltämättä melko väsyneissä silmissä olisi pilkahtanut jotakin uutta, uteliaisuutta, vähän pelkoa ehkä, ja... toiveikkuutta?

Nin lekotteli nojatuolissa, toinen jalka heitettynä rennosti käsinojan yli. Hän katseli miehen liikkeitä valppaana ja odotti. Lopulta hän sanoi:

– Selvä, sitten rentoudut, levität kätesi ja avaudut ...

– Teen niin *mitä*?

– Avaudut... miten se pitäisi sanoa? Miten te täällä sanotte? No niin kuin kukka, siis eläydyt... äh, annat sen toimia. Mutta älä ajattele. Ennen kaikkea älä ajattele.

– Hienosti selitetty, Jara sanoi, samalla kun piirteli poissaolevan näköisenä riimuja pölyiseen ikkunaan. – Pidin varsinkin tuosta "älä ajattele" -kohdasta.

Mies sulki puoliksi silmänsä ja alkoi hengittää syvempään ja tasaisemmin.

– Onko näin hyvä?

– Oikein hyvä. Vähän rentoutuneemmin, jos voit. Odota.

– Odota mitä? Ei tapahdu mitään.

– Äläpä pulise nyt. Tapahtuu, kun et pyristele vastaan. Olet vain. Noin. Tunnetko jotain?

– On minulla vähän kummallinen olo.

– Niin kuin huimaisi, vai mitä? Hienoa. Se on muutos. Sitä onkin turha etsiä, se tulee aina ihan odottamattomalta suunnalta.

Mies huojahteli maalauksen edessä. Jara katseli häntä. Mies näytti hyvin keskittyneeltä – mutta eikö hän ollutkin muuttunut jotenkin... *läpikuultavaksi*?

Näytti siltä kuin hänellä olisi ollut mielessään paljon toisiaan töniviä ajatuksia, jotka kilpailivat siitä mikä niistä ensinnä ehtisi päättävään solmuun asti pohdituksi. Jara käveli katsomaan, mitä taulussa oli mutta ei tunnistanut aihetta. Jokin sumuinen maisema siinä oli, oliko siinä sumun keskellä joitakin valopalloja vai mitä... oliko siinä silta? No mutta oli tietenkin. Oliko sillä merkitystä? Sitä Jara ei tiennyt.

– Mitä sinä oikein teet? Jara kysyi Niniltä.

– Hän antoi meille jotakin, minä annan hänelle, Nin sanoi, vaivautumatta taaskaan selittämään tarkemmin. – Kuuletko ääneni? Nin kysyi mieheltä.

– Kuulen, tämä vastasi. Nyt mies oli haalistunut melkein näkymättömiin, vain ääni kuului vielä vaimeasti.

– Mitä näet?

– Kaikki on kuten ennenkin. Minä olen tässä suon laidassa... mutta en näe teitä. Enkä mökkiä. Melko lämmintä.

– Mökkiä ei ole enää. Ei ole koskaan ollutkaan. Olet muualla. Et palannut, ymmärrätkö?

– ...itä nyt sitten? miehen huolestunut ääni kuului kysyvän.

– Sen tulet näkemään. Nyt voit jatkaa, jos haluat.

– ..inne?

– Minne vain huvittaa.

– ...ntä ...pal...?

– Älä paluumatkasta huolehdi. Se tapahtuu vähän samaan tapaan – tosin, ei kyllä enää takaisin samaan paikkaan... se riippuu sinusta. Nyt, Nin sanoi ja napsautti sormiaan.

– HERÄÄ!

Samassa mökki katosi ympäriltä, vain maalaus seisoi vielä keskellä suonkosteaa nurmikkoa, pystyssä.

– Missä olet nyt? Nin kysyi, kohdistaen sanansa miehelle. He kuulostelivat mutta pihaustakaan ei enää kuulunut.

– Kas noin, Nin sanoi tyytyväisenä ja taputti käsiään. Nin taitteli maalauksen pikkuriikkiseksi nyytiksi ja puhalsi siihen. Se hajosi lukemattomiksi voikukan hahtuviksi, jotka tuuli vei pois.

– No sepä oli näppärää! Jara sanoi.

– Tuuleen liuennut. Niin kuin koko mökkikin.

– Et kai sinä luule, että hän tykkänään katosi?

– En. Hän vain lähti kävelylle, vihdoinkin. Tiesitkö muuten, että purjelaiva voi rosvota toiselta tuulen, jos se lipuu oikein lähelle?

– En, mitä sitten?

– Kunhan tuli mieleen. No, etsitäänkö se sinun ystäväsi? Onko sinulla se höhlä lappunen vielä?

– Jäi sisälle, Jara sanoi ja silmäili paikkaa missä talo oli ollut – Mutta minä muistan kyllä mitä siinä oli. Tuolta metsikön laidasta alkaa polku.

– Mennään.

aitavia samoajia kun olivat, he pääsivät kohta metsikön luokse ja löysivät polun, joka houkutellen taipui heidän puoleensa ja jatkui sitten kohti etäämpänä nousevaa kukkulaa.

– Miksi meidän täytyy raahustella näin hankalasti? Nin kysyi. – Eihän meidän tarvitsisi kävellä sentään.

– Ajattelin vain, että kun se kuuluu tämän maailman tapoihin. Painovoima ja kitka ja sen sellaiset, tiedätkö. Ja onhan se vaihteluakin, vai mitä?

– On totisesti.

– Tuonne päin, Jara sanoi.

– Kaunis reitti. Tosin vähän roskainen.

Melkein joka askeleella he joutuivat väistelemään tyhjiä säilykepurkkeja. Pellinryökäleillä oli kovin äkäiset hampaat, terävät leikkausreunat, jotka koettivat pureutua heidän viittojensa liepeisiin ja jarruttaa heidän kulkuaan.

– Täällä on varmaan ollut iso lapsikatras eväsretkellä. Jokaisella mukana tonnikalaa ja soijanakkoja, ja valtavasti purkinavaajia.

Nin katseli sivuilleen ja oli kompastua pulloröykkiöön edessään.

– Niin ja tietenkin erilaisia marjamehuja.

– Ei tuommoisen syyn takia kannata mihinkään pysähtyä, Jara tuumi. He kiersivät pullokasan ja jatkoivat polkua, joka oli jo alkanut hitaasti viettää ylöspäin.

Polulla oli hajallaan satoja, tuhansia tupakan- ja sikarintumppeja. Pullonsirpaleita riitti vielä pitkän matkaa ylös mäkeä. Näytti siltä kuin retkeilijät olisivat asettuneet aterian jälkeen pullokasan viereen, röyhyttelemään tupakkaa ja paiskomaan pulloja kivikoihin.

Matkalla ylös Nin huomasi jonkin hänelle oudon puun. Hän seisahtui hetkeksi sen eteen ja katseli sitä.

– Hyvää päivää, hän sanoi sitten puulle.

Puu ei vastannut mitään.

– Hyvää päivää! Nin sanoi uudestaan, vaativasti. – Minä sanoin päivää! Vastaa!

Puu ei äännähtänytkään.

Nin koetti vielä parilla muullakin kielellä. Hän halusi tietää vähän enemmän tämän maailman tavoista ja muuta hyödyllistä. Mutta puu ei vastannut, seisoipa vain paikallaan, lehdet tuulessa sähisten mutta muuten täysin välinpitämättömänä ja liikkumattomana, kuin joku loveen langennut taikuri. Joka pitkään katoavaisuutta tai salpietarin koostumusta mietittyään oli vihdoin onnistunut härnäämään hereille jonkin pilailunhaluisen hengen ja jäänyt sitten tämän noitumaksi, niin ettei olisi enää pystynyt liikkumaan vaikka olisi tahtonutkin.

Rauhallisesti se kyllä vastasi tuulen sivelyyn oksillaan, ja näytti aivan siltä kuin se olisi saanut hyvän rinteen. Vain sen haluttomuus virkkaa sanaakaan itsestään taikka elämästään epäilytti Niniä. Toisaalta Ninistä tuntui, hän oli *varma* siitä että puun jähmettyneessä ja jännittyneessä kuulostelussa soivat kaikki laaksossa kiertelevät äänet ja kuiskaukset. Nin ei vain voinut kuulla niitä, kun eivät hänen tuntosarvensa olleet vielä heränneet uuteen kieleen.

– Omituista, Nin sanoi.

– Mikä niin on omituista, Jara huusi ylempää rinteeltä.

– Ai "päivää", sekö? Nimetönhän sanoikin, että se koskee lähinnä vain ihmisiä.

– Ai.

Nimettömäksi he alkoivat nimittää kulkuria jonka tapasivat matkoillaan. Se tuntui sopivan hänelle paremmin, kuin se nimi jonka tämä oli heille kertonut. Hän oli ihminen, joka oli kiertänyt paljon ja paljon nähnyt. Todella, yksikään vuodenaika ei ollut häntä tavannut kahta kertaa peräkkäin samasta maasta.

Kaiken taitonsa viritettyään Nimetön oli oppinut virittämään kiertelevistä soinnuista ja meren pinnalla aina leikkivistä sävyistä paletteja äänettömän, salatun ja vähä-väkisen lapsuutensa outojen näkyjen maalailuun. Hän soitti.

Hän kuului siihen ihmislajiin jotka ovat kuin lähteitä, jotka aina osaavat upottaa juurensa siihen, mihin sattuvat pysähtymään. He eivät kohottele seiniä, he nojailevat valmiisiin. He piirtävät katuun haamunsa ja kumartuvat nopeasti katoavaan olemattomuuteen. Ehkä he jättävät maailman ilman ketään joka heitä muistaisi. Mutta he auttavat muistamaan. Moni Nimettömänkin elämää hipaissut kulkija on ikuistunut tietämättään johonkin sävelmään, joka on jäänyt kiertelemään kaduille pitkään sen jälkeen kun Nimetön on ollut jo poissa. Ihmeellisiä tarinoita hän kertoi kitarallaan, kahlattuaan päiväkaudet ja yöt tien rääsyisten unelmien meressä! Nin piti hänestä heti ensi silmäyksellä.

He olivat törmänneet tuiki tavallisella, viattomalla sunnuntaikävelyllä – vaikka sunnuntailla ei kenellekään näistä kolmesta mitään ihmeempää merkitystä ollutkaan – ja häneltä Nin oli myös oppinut erinäisiä seikkoja ihmisten jutustelutavoista.

Perin tärkeätä ihmisten kanssa asioidessa. Puhelemalla tutunomaisesti voi aika näppärästi vakuuttaa kuulijan siitä, että tässä kuulutaan nyt samaan klaaniin kaksijalkaisten, humanististen otusten kanssa. Ettei ole välitöntä tarvetta alkaa leikellä toisiaan raskailla kalpamiekoilla kappaleiksi, vaan sitä voidaankin olla ihan kelpo puhekumppaneita pitkällä, ikävällä taipaleella.

Tavallinen tapa aloittaa, Nimetön oli kertonut, on sanoa vaikkapa "Moi". Tai murteesta riippuen "hei", tai "päivää", tai "olkoot kadut kuin samettia siunattujen askeliesi alla, oi kulkija". Ja kas taikaa: kuulija hölmistyy hetkeksi ja jää odottamaan mitä hän seuraavaksi saa kuullakseen – pieni mutta tärkeä viivytys, joka antaa aikaa miettiä että mitä se seuraava sitten oikein saattaisikaan olla.

Samalla puhuessaan muuttuu kuitenkin myös aina hiukan raskaammaksi ja, sanoisiko, apinamaisemmaksi. Ihmisille kun sanat ovat niin vakava juttu, ja vakavat jutut ovat painavia. Mutta painavat jutut eivät sovi ollenkaan Ninin ja Jaran kaltaisille: jos he huiskivat huoletta päiviään ja kaikkea niistä ketjuna seuraavaa ympäriinsä, niin vaikka he siten pärjäisivätkin alati paremmin ihmisten kanssa, he joka kerralla saisivat myös pikkupisaran lisäpainoa ja samalla menettäisivät vähitellen perin katalalla tavalla eksyjän vainuaan.

Jara alkoi laulaa:

– *Kun olin pien, löysin ma tien, alla loistavan kuun...*

Nin katseli Jaraa. Jaran edellisen ihmisten luo tehdyn matkan jälkeen hänen juttelunsa kuulosti pitkään lähinnä joidenkin kulmikkaiden palikoiden latelulta: "rakenne", "neliö", suur-se ja puoli-tuo, "prognoosi" ynnä "toteutus" ja pälpäti pälpän pää. Se oli todella ärsyttävää.

He jättivät pikku metsikön taakseen ja kapusivat kukkulan huipulle. Nin näki kylän loitolla, vain muutaman sadan askeleen päässä.

– Tuolla! Nin huudahti.

Jara jatkoi lauluaan häiriintymättä:

– *... nyt oon ma haka, liki kuin Mumaha, ...*

– Mikä se sellainen mumaha on? Nin kysäisi.

– Se nyt vain sopi siihen, älä siitä välitä.

– Vai sopi! Onko se joku, tai jokin? Tarkoittaako se jotakin?

– Kyllä, jotakin. Sellaista viisasta.

– Niinkö? Ja minäkö en tiedä siitä? Alahan paukuttaa!

– Hm. No, mumahat ovat yleensä – ei, Jara keskeytti. – Minä kerronkin mieluummin itsestään Mumahasta, joka asuu kaukana Tavoittamattomien Vuorien Maassa?

– Se sopii hyvin, se kuulostaa jännittävältä.

– Oikeastaan hän on kylläkin *tülku*...

– Siis mikä? Oli mikä oli.

– No hyvä, hyvä. Minä kerron.

Jara alkoi resitoida korkealla, ohuella äänellä jotakin outoa kertosäettä. Sitten hän matki kehnoa rummunpärinää, kuin ilmoittaakseen jostakin pian seuraavasta Kuninkaan Tärkeästä Tiedotuksesta, ennen kuin siirtyi tarinaan sopivaan ylevään ja opettavaiseen sävyyn.

TAVOITTAMATTOMIEN VUORIEN MAAN SALAPERÄINEN, YLISTETTY JA SUURESTI KUNNIOITETTU MAHAMULLAH, TUNNETTU MYÖS ISTUVANA SAMMAKKONA, JOKA ALKU– PERÄLTÄÄN HARMILLISEN HÄMÄRÄKSI JÄÄVÄSTÄ NIMESTÄÄN HUOLIMATTA ON OIKEIN HYVÄ ISTUSKELIJA JA SITÄ PAITSI KUULUISA KANSANPARANTAJA

hmiset rakastavat lapsia, Jara aloitti. – Mutta miksi? Siksi että he näkevät lapsissa oman, vielä vapaan kuvansa. Mutta lapsi on... tyhjä taulu, kirjoittamaton pieni vintiö, kaaoksen kätyri.

Hän pudottautuu maailmaan, jossakin talossa jota hän ei ole voinut valita, joidenkin vanhempien synnyttämänä, eikä hän ole voinut valita näitäkään. Ja heti alkavat liikkua ympärillä umpimielinen aine ja unet, omien outojen lakiensa mukaisesti. Tähtitaivas pingottuu yläpuolelle ja purskahtaa galaktiseen hirmuisuuteensa, eikä hän voi tehdä sille juuri enempää kuin koettaa kestää sen katsetta. Tai sulkea sen luomiensa taakse.

Hänen korvansa aukeavat vasaroiden paukkeelle ja kivien hitaalle lämmölle, mannerten takaa saapuville salaperäisille viesteille. Hänen nenänsä ja kielensä ja ihonsa kukin vuorollaan ottavat omat taakkansa ympäristön tutkimisessa.

Ja kaikki tämä tapahtuu itsestään, pakottamatta, ilman että lapsi yleensä ajoissa keksii mahdollisuuksiaan jäädä syntyuneensa. Ja niin tapahtuva alkaa kirjoittaa häneen merkkejään.

Tavoittamattomien Vuorien Maassa hänestä tulee tavoittamattomienvuorienmaalainen. Australiassa hän liukuu uniaikaan tai hänestä tulee koppavien maarosvojen jälkeläinen, joka kaahaa bensapirtelö suussa laveita katuja ja ammuskelee ritsalla paimentolaisia. Ja niin edelleen. Häntä koulutetaan, hänelle opetetaan asioita, ja kaikki tämä leikin varjolla, hänen kasvua janoavaan uteliaisuuteensa vetoamalla. Voi, miten utelias hän on!

Häntä maanitellaan ja houkutellaan, tukistetaan ja käsketään, ja näin hän vähitellen oppii kaikki sievät käytöstavat ja opin ääreen keskittyneen olemuksen, pisteliäät sanankäänteet, silmäluomen läpytykset, sanalla sanoen kaiken sen, mitä ihminen tarvitsee ollakseen yhteisönsä täyskelpo jäsen. Varmuudeksi hänen päähänsä vielä ahdetaan lukuisia varottavia esimerkkejä niistä, jotka ovat annetuista ohjeista luistaneet, rikollisista ja hulluista, viisaudenkiven etsijöistä ja kaikenkarvaisista kerettiläisistä, jotka onnettomalla tiellään ovat sittemmin sortuneet kun Häpeäkivi on ripustettu heidän kaulaansa.

Sitten hänelle osoitetaan jokin sopivasti nuhjaantunut läiskä jonkin ison kaupungin laita-alueilta, jonne hänen sopii asettua ja jossa hän voi alkaa valikoida, mitä hän tahtoo kasvattaa ja kitkeä. Toisin sanoen hänestä tulee puutarhuri.

Hän valmistaa työkaluja ja idättää, raivaa ja kastelee, rakentaa suojia auringon liiallista armollisuutta vastaan ja muuta sellaista – mitä nyt puutarhurin täytyy tehdä. Hän ruokkii viljaa, tukee hentoja taimia, paapoo kukkia, miksei ohdakkeitakin, kuten hänen luontonsa ja taitonsa häntä kehottavat, ja ryhtyy vaihtokauppaan muiden tarhurien kanssa. Tarhansa ympärille hän pystyttää pienen aidan, estämään läpikävelyä ja ruikkivien piskien viheliäistä halua merkitä kaikkeen oma hajunsa. *Siulle sipulei, miulle pottuloi,* niin hän sitten rupattelee puutarhansa aidan yli kanssatarhureittensa kanssa, ja hamstraa.

Näin hän on saanut oman pikku läiskänsä, jonne vain luotetuilla on lupa tulla, niillä jotka osaavat kulkea hänen pikku keitaallaan katkomatta oksia ja tallaamatta liiallisesti istutuksia. Tarvitaan enää viimeinen pikku silaus: oma kullanmuru, joka ihastuneena hänen taitoihinsa tahtoo asettua asumaan hänen kanssaan, kissankellojen helkkeeseen ja kakkaroiden loisteeseen, toivottavasti hamaan loppuun saakka.

Mutta käykö kaikki hyvin? Tuleeko halla, joka vie kaiken viimeistä varpua myöten? Kääntääkö kaupunki kylkeään vieressä, rusentaa aidan kuin kasan tulitikkuja ja kaavoittaa alueelle opiaattipellon? Vai iskevätkö tuhohyönteiset ahneet kärsänsä vasta vihertävien versojen juuriin? Hänellä on paljon työtä hänen koettaessaan ennakoida kaikki mahdolliset vastoinkäymiset, ja sittenkin voi tapahtua jotakin tyystin odottamatonta ja voittamatonta, suuri palo tai myrsky, pellinpalasia alkaa löytyä kompostista vailla mitään järkeenkäypää syytä, tai jokin sairaus riistää hänen voimansa juuri samalla hetkellä kun kaikki maailmanvoimat liittoutuvat yhteen häntä vastaan.

Ja niin kuin se ei vielä riittäisi, on hänellä kilpailijoitakin, jotka viitsivät rähistä hänen kanssaan parhaista paikoista ja välineistä, jotkut heistä ylivoimaisen suuria ryökäleitä. Myös on joitakin, jotka vähät välittävät kaikesta hoivaamisesta ja oman tuvan vartioinnista. Varmaan siksi, etteivät he itse ole koskaan päässeet yrittämäänkään mitään sellaista, näinä tuulisina aikoina. Näitä jotka uhraavat aikansa rähinöimiseen ja puutarhurien kiusaamiseen. Siihen he tulevat kekkaloimaan aivan kotiportin eteen ja mielihyvin aina tilaisuuden tullen rynkäisevät kauniiden malmikaarien yli ja murtavat ne pölyksi maahan.

Näin. Mutta joitakin omituisempiakin kohtaloita on tarjolla ihmetyksen täyttämälle tulokkaalle, tässä luvuttomien luontojen sopukostossa. Eräässä pienessä maassa, joka tunnetaan nimellä Tavoittamattomien Vuorien Maa sen vuoksi että se sijaitsee hyvin korkeiden vuorien takana laaksossa, jonne tuskin kukaan matkailija koskaan eksyy, tässä maassa esimerkiksi valitaan aika ajoin lapsi jostain pahaisesta pikkukylästä, hänet seppelöidään ja hänet viedään riemusaatossa pitkät pölyiset taipaleet aina maan pääkaupunkiin asti, missä hänet istutetaan erityisesti juuri hänelle varatulle kunniaistuimelle.

Tästä lähtien hänen kaksi tai kolme ensimmäistä elinvuottaan hänen vanhempiensa luona unohdetaan visusti niin kuin niitä ei olisi koskaan ollutkaan, hänen lapsinimensä pyyhitään pois kaikista kirjoista ja tietopankeista, minkä jälkeen hän saa arvonimen 'maha', 'onnellinen' Aivan samoin kuin ovat saaneet kaikki hänen edeltäjänsäkin, aina maan tunnetun historian alkuajoista saakka.

Hänen ei tarvitse vaalia puutarhaa – ei, jollei hän sitten nimenomaisesti niin halua – sillä kaikkialla minne hän menee, tärkeät palvelijat odottavat hänen vierellään, kärkkäinä toteuttamaan hänen yllättävimmätkin määräyksensä. Kukaan ei pääse häntä häiritsemään hänen tahtomattaan. Hänen ei tarvitse oppia lukutaitoa jos se tuntuu hänestä turhalta, eikä hänen tarvitse hankkia matkaradiota, voidakseen rupatella naapurien kanssa kotikylän joukkueen viimeisimmästä ottelutuloksesta. Ei, hänellä ei ole mitään tarvetta siihen. Hänen ainoana velvollisuutenaan on kuunnella nauhoitteilta edeltäjiensä viisauksia, opetella olemaan välittämättä niistä, ja lisäksi opetella istumaan hiljaa.

Ei suinkaan aina ja joka paikassa, mutta ainakin kahdesti päivässä. Siihen saakka kunnes hän varttuu ja saavuttaa kahdenkymmenen iän. Tällöin hänen nimeensä liitetään sana 'mu' joka tarkoittaa 'suurta', ja joskus myös, muodista riippuen, lisäepiteetti 'Kunnioitettu', ja nyt hän on valmis opettamaan kaikkia, jotka kaipaavat neuvoa missä tahansa puutarhanrakennustyössä.

Kunnioitettu Mu Maha, lyhyesti Mumaha – tai Istuva Sammakko, Vanha Nahkahousu, Se Gubbe Siellä Linnassa Tyhjä Pää, hänellä on monia nimiä – on hyödyttömistä hyödyllisin, opettajien opettaja, viisaista viisain, paras kaikista! Sillä hän ei todellakaan tiedä yhtään mistään kerrassaan yhtään mitään. Mitä tahansa häneltä kysytäänkin, hän osaa nopeasti osoittaa kysymyksen tolkuttomaksi tai puusieluiseksi, jollakin nasevalla urahduksella, tai lyömällä kysyjää päähän pitsipäällysteisellä damastityynylä. Toisinaan hän vain nyppii paitansa nyörejä poissaolevan näköisenä ja pysyttelee itsepintaisesti vaiti, miten tahansa avunanoja häneltä vastausta rukoileekin.

Hän saattaa myös vaatia tulokasta riisuutumaan ilkosilleen, ja jos tämä siihen suostuu – kukapa tohtisi kieltäytyäkään – hän piirtelee eteensä kumartuneen, sieluntuskia potevan ihmispolon vartalon täyteen ristejä ja spiraaleita, värikynillä, joita aina lojuu hänen huoneessaan. Tai hän haastaa kysyjän tyynysotasille, jossa toimessa hän sitten hiestä märkänä ja jonkin hyvän lyönnin sisään saatuaan, keskeltä ilmassa leijuvien höyhenten pölinää äkkiä laukaisee ilmoille jonkin noista salaperäisistä tiedonannoistaan, jonka huoneesta poistuva kätkee sydämelleen ja vie mukanaan kotiinsa, tutkiskellakseen sitä itsekseen illan viipyvinä ja hiljaisina hetkinä.

Sanotaan, että Mumaha valitsee itse synnyinseutunsa ja sopivan ajankohdan syntymiseen, ja Kunnioitetun – tai ei – tulevien holhoajien ensimmäisenä tehtävänä on selvittää, mistä hänet voisi löytää, sen jälkeen kun hänen edeltäjänsä on potkaissut tyhjää ja jättänyt näin suuresti arvostetun opettajuutensa. Ja mikä tärkeintä: ajoissa, ennen kuin hänen uudet vanhempansa ehtivät harhauttaa hänet kutsumuksestaan ja koulia hänestä puutarhurin.

Niin ikään sanotaan, ettei hän suinkaan todella kuole, vaan ainoastaan mitä pikimmin manalle menon jälkeen kiiruhtaa syntymään uudestaan. Jos tämä on totta, olisi siis olemassa ainoastaan yksi aito, todellinen ja väärentämätön Mumaha, jonka viisaus on kuin ylitsevuotavainen pesuamme, uima-allas ja meri, joka jo vuosisatojen ajan on toiminut maailman valona ainoalta ja korkeimmalta kunniaistuimeltaan käsin.

Tarina, joka on tietenkin laskettava ainoastaan tavoittamattomienvuorienmaalaisten ylenpalttisen hartaan mielikuvituksen tiliin.

Totta kuitenkin on, että hän voi elää koko ikänsä ilman, että kukaan pääsee kirjoittamaan häneen puumerkkejään. Niin hän voi kasvaa juuri siihen mittaansa, mihin haluaa – tai jäädä johonkin soveliaaksi katsomaansa kehitysvaiheeseen. Se on todella harvinaislaatuinen onni, ja koska hänen onnellisuutensa leviää hänen ympärilleen niin kuin renkaat vedessä vaeltavat, on Tavoittamattomien Vuorien Maa aina näihin päiviin saakka ollut todellinen onnen tyyssija kansakuntien riitaisassa siskonpedissä.

Huhut kuitenkin kertovat, että viime aikoina on taivas silläkin repeillyt pahanlaisesti, syntyneistä aukoista on tipahdellut vasamoita ja yliäänikoneiden muttereita pelloille miten kuten sekasotkuisina röykkiöinä, ja koko laaksossa on ilmassa leijunut omituinen, ohut mutta kuitenkin selvästi havaittava, raskas haju. Joidenkin lehtikirjoitusten mukaan itse Mumaha harkitsee vakavasti, sikäli kun hän ylipäätään mitään osaa harkita, palaisiko hän lainkaan seuraavan syväsukelluksensa jälkeen, vai olisiko parempi huiputtaa astrolabejaan sormeilevia ennustajia ja syntyäkin vasta pahimman kumun hälvettyä.

Tiedetään, että kivet itkisivät ja Tavoittamattomien Vuorien Maan Sanomat (jo vuodesta 12 671, paikallisen ajanlaskun mukaan) alkaisi painaa toden sanoja, ennen kuin se ihme nähtäisiin että Vanha Nahkahousu jättäisi lapsensa pulaan. Mutta jos niin sittenkin kävisi, olisi tavoittamattomienvuorienmaalaisilla kuten monilla muillakin kansoilla edessään joitakin peräti epämukavia ja kompassittomia aikoja.

MITEN MAALLA LIIKUTAAN, ELI KUINKA NIN JA JARA
TUTUSTUVAT KEVYESTI PINTAA KOSKETTAEN IHMISTEN OLOON
TAAS KERRAN SEKÄ MITEN NIN LÖYTÄÄ UUDEN YSTÄVÄN

o jopas, Nin sanoi Jaran lopetettua. – Niin harvinaisen opettavainen tarina. Mutta minä kerron sinulle toisen. Tiedätkö: minäkin olen ollut joskus tavallaan vähän niin kuin puutarhuri.

– Ai?

He lähestyivät kylää, polku leveni ja kohta he saattoivat kävellä mukavasti rinnakkain.

– Minä kasvatin haihatteja.

– En minä oikein uskonutkaan, että punajuuria taikka pikkelsiä. Tai painajaisia. Tai –.

– Nii-in. Minä laitoin ihanan tuulentuvan, seitsemän korttelia suuntaansa, ja somistin ovenpielet koreilla arabeskeilla ja veistetyillä köynnöksillä.

– Unelmien juuria... Jara pohdiskeli.

– Laitoin katon korkean, Nin jatkoi. – Ja tornin josta tähystellä ympäristöön, ja ruusuvesilähteen keskelle pihaa. Juuri sellaisen tarhan, jossa haihatit kilvan kauppaa tahtoisivat varttua.

Tien sivussa lojuvat kivenmukulat olivat jatkuvasti

suurempia, joukossa oli jo joitakin oikeita järkäleitäkin. Kaikkialla oli pensaita, harsuisia ja lyhytkasvuisia mutta pensaita kuitenkin. Kivikko laajeni, siinä alkoi olla myös kuutiomaisia, selvästi ihmiskäden koskettamia paasia, joista jotkut olivat vielä metallihakasilla yhteen liitettyjä.

– Ne kehittävät kukintoaan hämärissä ja suojassa, maan alla ja onkaloissa ja unohdetuissa lähteissä kenenkään näkemättä. Kunnes ne sitten, antamatta pienintäkään etukäteisvaroitusta, yhtäkkiä jonakin kuuttomana yönä ponnahtavat esiin täydessä loistossaan ja täysin valmiina.

– Mutta niitähän on hankala kasvattaa? Jara ihmetteli.

– Kun ne kärsivät pienistäkin häiriöistä.

– Niinpä. Mikä vain pieni risahduskin puutarhan etäisimmässä nurkassa riittää säikyttämään ne takaisin piiloon. Mutta kun niitä on enemmän – mikä loisto! Sitä ei voi verrata mihinkään! Silloin ne yhtyvät kaikkia maailman värejä heliseväksi mereksi. Ja silloin ne eivät pelkää mitään. Tai ainakaan melkein mitään.

– Mutta nuorina ne eivät juuri päivänvaloa kestä.

– Eivät, eivät edes katsetta. Sitäkin onnettomampaa, kun ne ovat niin huomiota kiinnittäviä. Ja huomionkipeitä. No. Sittenpä kävi, eräänä päivänä, että kuulin puutarhani portilta kolkutuksen, joka tietysti sai haihatit heti huojahtelemaan ja värisemään, kovin järkkyneinä.

– Kuka siellä sitten kopisteli?

– Se oli Zodiac. Ajattelin ensin, että en päästäisi häntä lainkaan sisään, huikkaisin jotain vain ja pyytäisin tulemaan

myöhemmin. Se nyt vain olisi ollut ryökälemäisen epäkoh-
teliasta, joten avasin sittenkin portin. Varoitin vain ensin että
hän pitäisi silmänsä kurissa matkalla lähteelle, jonka luokse
aioin laittaa meille istumasijat. Arvelin, ettei mikään voisi
mennä vikaan, niin lyhyt kuin matka kuitenkin oli.

Joukko koiranpoikia ja -tytöntylleröitä kierteli puiden alla,
tiellä ja tasaisiksi raivatuilla alueilla runkojen lomassa. Tie
kääntyi leuhkasti oksiaan levittelevän tammen ohitse ja
siinä, heidän oikealla puolellaan, hiekka ja pikkukivet jotka
olivat tähän asti makailleet maassa kerrassaan levollisina,
nousivat äkkiä yksissä tuumin kumpareeksi, vielä vähän
korkeammalle, herkesivät hetkeksi tarjoamaan suojan
pienelle ruohotupsulle ja alkoivat kohta taas kasvaa kokoa,
kunnes ne äkkiä puskivat suoraan ylöspäin suuriksi
nelikulmaisiksi järkäleiksi liittyneinä ja lähtivät polkua
myötäilevään pitkään kaarrokseen, jonka ne päättivät
ryhdikkääseen silmukkaan. Toisin sanoen: siinä oli kylän
ensimmäinen talo.

Pieni koira ryntäsi haukkuen heitä vastaan ja Jara jutteli
sille, taputteli päälaelle ja kysyi tietä. Koiralainen lähti
jolkuttelemaan heidän edellään ja he seurasivat. Jara katseli
ympärilleen: ei ketään ihmisen näköistä olentoa.

– Täällä on tosiaan aika hiljaista. Mutta levotonta? En
ymmärrä.

Nin jatkoi:

– Sitten, mitenkä kävi? Yksi pieni taimi puikahti esiin
juuri hänen tullessaan sisään. Ihan hänen edessään. Hän

tietysti huomasi sen ja tuli uteliaaksi, ja silloin hän heitti yhden tuollaisen voimakkaan, laajan silmäyksen, jolla hän onnistui karkottamaan joka ainoan verson piiloon, viimeistä haihatinhahtuvaa myöten. Samassa puutarha olikin jo täysin pimeä ja eloton.

– Voi voi.

– Hukkaan meni, koko vaiva. Tiesin, että nyt ne lymyilisivät piiloissaan ties mitenkä monta aikakautta, ennen kuin uskaltautuisivat uudelleen esiin. Mitä minä sitten saatoin tehdä? Olisinko siellä ikävissäni odotellut, mukavasti solisevan ruusuvesilähteen vierellä, kaikki nuo ajat? En varmasti.

Näkyi lisää taloja, eikä kahta samanlaista: tuntui siltä että kivet olivat keränneet koko kivisen mielikuvituksensa, keksiäkseen jokaista ihmisasumusta varten uusia muunnelmia niin ettei kahdella talolla ollut juuri muuta yhteistä kuin se suuri reikä etumuksessa, jonka kautta tavattiin liikkua, sekä yksi tai useampia pienempiä, joista ihmiset tiirailivat ulos milloin he katsoivat arvolleen sopivammaksi laiskotella sisällä kuin lähteä laahustelemaan ulkosalle.

– Mutta siellä ne kuitenkin vielä olivat. Jätitkö sinä ne sinne, ihan huolenpitoa vaille?

– En toki. Zodiac oli kovasti pahoillaan sattuneesta ja hän halusi hyvittää vahingon jotenkin. Paljastuipa sitten, että hän oli jo pitkään etsiskellyt paikkaa laskea purjeet ja pitää tuulta. Hän oli kyllästynyt kuljeskelemaan ja sanoi, että hän voisi hyvin jäädä sinne ja vahtia haihatit esille. Niinpä minä lykkäsin koko vaivan Zodiacille, ja lähdin kuljeskelemaan. Toivottavasti hän ei ole vallan puutunut siinä puuhassa, hänestä ei ole paljoa kuulunut sen jälkeen.

– *Puutunut puuhassa, hassussa, tuumassa puutarhan varjossa, kyyryssä, huumassa...*, Jara hyräili.

– Ajattele nyt. Jos minä sinne olisin jäänyt, olisimmekohan me edes tavanneet?

– *Ehkäpä emmekään, emme tai, kumminkin...*

Koira johdatti heidät tienristeykseen, jossa kasvoi yksi mahtava, lehtevä mutta jostain syystä hedelmätön puunköriläs ja sen takana matalaksi lytistynyt rakennus. Telmivä, kierivä, hälisevä ja toisiaan pureskeleva koiralauma oli valloittanut viereisen tyhjän tontin. Heidän oppaansa ryntäsi keskelle komeinta tiimellystä ja unohti siinä samassa vieraansa kuin ei olisi heitä koskaan nähnytkään.

Talon edessä istui ihmisiä, kokousta pitämässä.

– Minä menen vähän kuulostelemaan, Jara sanoi.

Nin kutsui äänettömästi nurkkia kiertelevää, valkoista kissanpoikasta. Tämä kääntyi katsomaan Niniä, ja Nin kertoi, äänettömästi taaskin, olevansa ystävä. Eipä aikaakaan, kun pieni kissa jo asteli Ninin luokse, metelöimättä matkallaan enempää kuin yöllä sisään hiipivä kuunvalo. Se istuutui Ninin viereen ja jäi katselemaan häntä lähteensyvillä silmillään.

– Hei.

– Hei. Kuka sinä olet? Minä olen Nin.

– Minä taas olen Parek.

– Hei Parek. Hassu nimi. Tuletko syliin?

Nin istahti ja Parek hyppäsi heti Ninin syliin. Nin ojensi sormensa ja Parek nuuhkaisi niitä. He alkoivat silitellä toisiaan.

– Kuulepa Parek, tiedätkö, mistä nuo oikein puhuvat, noin vakavina ja tosissaan?

– En muuta kuin että tuo nuori, joka juuri nyt on äänessä, on naapurikylästä, ja tuo parrakas ja isokokoinen on tämän kylän vanhimpia asukkaita. Nuo tuolla varmaan päättävät tämän kylän asioista.

– Arvaatko yhtään puheenaihetta?

– En, mutta usein he täällä istuvat, melkein joka päivä. Jotakin huolta on ollut ilmassa viime aikoina. Luulen, että he puhelevat siitä. Ja aina he nieleskelevät tuota hapanta, pahanhajuista litkua mitä heillä on tuossa pullossa, ja puhuvat. Tärkeitä, varmaan, en tiedä. Näyttää aika tylsältä minusta.

– No niinpä. Mutta ehkä siinä on jotain järkeä sitten. Ehkä Jara voi kertoa lisää, noin pinnistellen kuin hän nytkin kuuntelee.

– Lähdetään me tuonne tienlaitaan.

He menivät ja istuutuivat puun alle katselemaan. Koirat olivat lähteneet kilpajuoksulle pitkin kylän tietä, muutama hännänvilahdus näkyi vielä etäämpänä lojuvan talon nurkalla, sitten koirat katosivat talon taakse. Sirkat sirittivät, puu humisi hiljaa, oli oikein rauhallista. Heidän takanaan ihmisten puheet ropisivat kuin pikkukivet.

Jara tuli kohta hänkin.

– No, mitä siellä? Nin kysyi.

– Ush, sitä nyt ei kestäisi kalmarikaan. Koko se tärkeä keskustelu lainehti vain paikoillaan, velloi suusta suuhun niin kuin likainen vesi pesusoikossa. Se ei edennyt minnekään, mitään ei keksitty, mitään ei päätetty. Eikä se näyttänyt olevan hauskaakaan.

– Sattuiko ystäväsi olemaan siellä?

– No eipä tietenkään.

– Heiveröinen toivo kai muutenkin.

– Oli. Eikä hän ole täällä koskaan asunutkaan. Hän on muuttanut Erittäin Suureen Kaupunkiin.

– Minne?

– Erittäin. Suureen. Kaupunkiin. Se levittäytyy tuolla etelässä päin, ja suurelle alueelle sittenkin.

– Vai niin. Onpa se rohmu.

Jara vilkaisi taakseen.

– Tuota oli kamalaa seurata. Oli kirkkaan selvää, että heillä ei ole oikein mitään tekemistä. Tapahtumat ovat muualla, täällä heistä on vain tyhjää. Kun he kuulostelevat se on heistä kuin huminaa kun lähetys jostakin on katkennut. Aamuisin he heräävät happamina. Muutamat korjaavat mopoja. Joillakuilla on puuhaa mutta he eivät pidä siitä. Jotkut ovat myyneet kotinsa varastoksi ja asuvat ulkona.

– Tähtien alla.

– He eivät halua katsella niitä.

– Niinkö??

– Sitten siellä oli mies, joka oli tullut kauempaa, ja hänen jutuistaan käsitin, että siellä on jo paljon väkeä ajettu kodeistaan ja maa kylvetty täyteen pieniä valkoisia pallosia joista ei kasva mitään. Ilma on siellä paksua ja vaikeata hengittää ja siellä on ikävää. 𝕮𝕭𝕭𝕷𝖓 porukat kuljeskelevat kauppaamassa mainoslappusia. Ja kaikki ostavat, kuulemma aivan kaikki. Ja liimailevat ohimoihinsa niitä.

– Mainoslappusia? Mitä niissä lukee?

– Ne ovat kuin nauhoituksia ja samalla jonkinlaisia... puhelimia. Niissä on käskyjä. Joissakin on teksti "Vaihda Unesi Ehompaan!". Joissakin taas "Baudi tomaatista". Joissakin "Polta puutarhasi, sinäkin voit marssia!" Sellaista kaikkea.

– Hyvä on. Entä mikä ihme on 𝕮𝕭𝕷 ?

– Sillä nimellä sitä kutsutaan. Tai no, noin minä sen sanoisin, ja osuvasti sittenkin. He käyttivät sen sijaan jotakin monimutkaista lyhennettä jonka alkuperää ei kai kukaan enää muistakaan.

– Voisit olla vähän pitkäsanaisempi, ettei minun aina tarvitsisi kysyä, että "Mitä?", tai "Miksi?" tai "Mikäs se sitten on?" Nin tokaisi kissaa rapsuttaen.

– No, äh, se on jonkinlainen koje, tai konstellaatio, tai kokoelma kojeita. Globaalikonstrukti.

– Jara... Nin sanoi varoittavasti.

– Niin minä kuulin sitä nimitettävän, Jara sanoi puolustelevasti. – Mutta oli se sitä taikka tätä, se on ujuttautunut kaikkiin varjoihin, puutarhoihin, sumuun, joka puolelle. Erittäin Suuressa Kaupungissa, ja monissa muissa kaupungeissa niin ikään on paljon sen alaisia. He koettavat muuttaa muiden elämää. Ja he koettavat muuttaa sitä huonommaksi.

– Miksi ihmeessä?

– Jotenkin niin, että ihmisiltä viedään kaikki. Sitten kun he ovat tyhjiä heidän täytyy ostaa tilalle jotakin. Ja 𝒶𝓃ℓ järjestää sen. Se suoltaa kumisammakkoja ja pilailuja niin kuin meillä päin Ang'f'Lanin putous vihreää vettä.

Jara käveli edestakaisin, kädet selän takana. Hän olisi näyttänyt huolten uurtamalta, jollei olisi ollut niin ilmiselvää että hän näytteli sitä tehostaakseen vaikutelmaa.

– Sitten se vierailija näytti nauhaa jostakin potkuhousuäijästä. Sillä oli rainalasit silmillä ja vyötäröllä pieni laukku täynnä antenneja, ja laukusta tulevaan mikrofoniin hän teki selkoa tapahtumista samaan aikaan kun taustalla suuret, keltaiset koneet tekivät jotakin merkillistä, meluisaa työtä.

– Tekivät *mitä*?

– Työtä. Ihmiset nimittävät työksi sellaista askartelua jota kukaan ei kaipaa, josta kukaan ei pidä, josta tulee hajuja, joka on rumaa ja pilaa kaikkien puutarhat – ja silti sitä tehdään. Ja todella kovasti tehdäänkin.

– Varmaan jotkut rökäleet, eikö niin? Patot sahaavat salaa yöllä uutterasti oksia altaan? Häpeillen ja hulluina?

– Ehei, melkein kaikki siihen ryhtyvät. Ja ovat oikein ylpeitä aikaansaannoksistaan!

– Vai niin. Ja mitä muuta?

– ⬡ on kuulemma ostanut kaikki oikeudet geometriaan. Joten nyt sillä on lainvoimainen lupa järjestää metsiä symmetrisesti, kartoittaa kaikki polut, kieltää vasemman käden hansikkaat tai painattaa satuja mielensä mukaan ja määrätä ne tosiksi. Vastineeksi tulee antaa aina jotakin, kuten vihanneksia, omaa aikaansa, tai omat varjonsa. Erityisesti ⬡ metsästää vanhoja tarinoita. Lisäksi hän kertoi –.

– Mitä niille tarinoille sitten tapahtuu? Nin keskeytti.

– Ne luullakseni sullotaan johonkin, muussataan ja jaetaan sitten pieninä hätäpakkauksina hätää kärsiville.

– Eivät kai he tuollaista sulata? Mitä nämä kylänelävät tuosta tuumasivat?

– No, sulattavat. Ja, eivät oikein mitään. He eivät jaksa enää. Muutamat joivat kovasti ja sitten mätkähtelivät maahan. Jotkut olivat surullisia ja alkoivat vollottaa. Kolme heistä lähti kesken katselemaan kuvalaatikkoa, siellä oli jokin "matsi" kuulemma. Ja ne, jotka jaksoivat pinnistellä rupatteluun, miettivät, että he ehkä piankin lähtisivät pois, niine hyvineen, koskaan palaamatta.

– Olipa piristävä tarinatuokio, tosiaan.

– Pian kukaan ei enää ymmärrä. Meitäkään. Vain rohkeimmat, juuri ne jotka visuimmin pidetään telkien takana.

– Polut sulkeutuvat..., Nin sanoi mietteliäänä.

– ...varjottomassa, lakaistussa metsässä, Jara jatkoi.

– Tarina melkein unohdettu, vaan ei koskaan kokonaan. Näin on tapahtunut joskus ennenkin.

– Niin mutta niinhän ikimuisti jupisee, jos olen oikein kuullut, että mikään, siis mikään ei ole jäävä salaan, että kaikki oleva on jonakin päivänä täysin läpikuultavaa ja silloin lakkaa olemasta. Ja puf!

– Missä kaikki silloin ovat? Valmistetaan talo, jossa ei voi asua, ja sitten muutetaan kellariin? Ikimuisti horisee sekavia.

– Ei ehkä juuri kellariin, pois vain. Sitten talo alkaa rapautua, hoidon puutteessa, tai elellä itsekseen ja pärjäillä niine hyvineen. Kun tenavat juoksevat kedolla kiljuvin varpain, paljaalla ruohikolla. Kuulostaako niin pahalta?

– Haaskausta se on, minusta. Ja monet jäävät silti kyyhöttämään sisälle.

– No mutta jos se on tapahtuva...

– Juuri niin kuin se ukkeli siellä suolla, Nin jatkoi. – Lukemaan lehtisiä tulevaisuudesta johon heillä ei ole enää varaa, pahoin pelkään.

Parek näki äitinsä talon nurkalla ja hyppäsi pois Ninin sylistä. Sitten se venytteli, haparoivasti kuin pikkukissa ainakin, ja sanoi Ninille:

– Minä taidan mennä nyt. Minulla on ikävä.

– Mene sitten. Hei hei.

Parek tassutteli kissaemon luokse. Emo kellahti pensaikkoon ja Parek sulloutui sen vatsaturkin suojiin, parin muun kissanpennun kanssa. Maitoa. Nin katseli sitä ja kääntyi sitten takaisin Jaran puoleen:

– Niin se varmaan kyllä on. No, mitä nyt sitten?

– Minä haluan tehdä jotakin.

– Jotakin noin ylipäänsä vai jollekin ihan erityisesti?

– Niin minäkö kääntyisin takaisin jonkin vähämielisen karusellin takia? Minä tiedän minne olen menossa, tiedänpä hyvin, ja jos se yrittää estää minua minä väännän siitä akselit kahtia.

– Joten, annahan kun arvaan, me lähdemme...? Nin aloitti.

– Erittäin Suureen Kaupunkiin.

– Niinpä tietenkin.

Nin katseli vielä taakseen, missä ihmiset istuskelivat. Moni oli jo kellahtanut kiven, tai penkin viereen nurmikolle kuorsaamaan, pari urhoollista vielä koetti viritellä juttua. Useimmat istuivat vain ääneti, tuijottaen puhujia, tai jonnekin kaukaisuuteen, kukkulan juurella kasvavan pienen metsikön yli ja ohi. Oli melko myöhä, valo alkoi huveta.

– Mitä mieltä tuossa on?

– Onhan se, tavallaan, kaunista. Kaunista ja haikeata. He ovat köyhiä parkoja, ei heillä ole moniakaan hupeja. Juttelu, rakastaminen, ja sitten tuon happaman juoman kallistelu.

– Syöminen ehkä lisäksi.

– Ja tappelus.

Tosiaan, pari miestä oli alkanut nahistella. He kiskoivat toisiaan puseronlaskoksista, ei oikein selvinnyt miksi. Kohta he lätkivät toisiaan poskille ja nenille, käsillään, niin että läiske kuului Ninin ja Jaran luokse asti. Toinen kellahti maahan, koetti nousta ja lyödä heilurilyöntejä alhaalta käsin mutta epäonnistui ja jäi makaamaan. Kun hän vihdoin pääsi ylös, hän hyökkäsi heti toisen, vielä istuvan kimppuun ja alkoi huitoa tätä. Tämä väisteli ja yritti tirviä takaisin, tarttui hyökkääjään ja molemmat kaatuivat nurmikolle.

– Saattavat he keskenään vähän rähistä, mutta paljonkopa siitä mikään muuttuu, Jara pohti alakuloisena.

– Niin. Vähän tulikiveä tänne, kiitos!

– Otetaan me tähtivaunut alle ja annetaan pallon kiertää alla!

– Mistä sinä ne noin äkkiä esiin loihdit?

– Väsäsin omasta päästäni, tietysti.

– Helppoapa tämä meillä. Mutta mitä tietä?

– Huomasin, että paitsi hölynpölyä ja hassutusta, täällä on myöskin joitakin älynopeita väyliä, sille joka ne huomaa. Ja minähän huomaan.

– No, menoksi sitten!

MITEN VOI KÄYDÄ NIILLE, JOTKA UHKAROHKEASTI HEITTÄY-
TYVÄT SYVILLE VESILLE OMIN PÄIN, VAILLA YHDENKÄÄN
AVARUUSLAITURIN VARMAA TURVAA

Yritin käsittää minkälaisesta liikkumatavasta oli oikeastaan kyse. Mutta en pystynyt siihen. Nämä niin sanotut vaunut olivat näköjään viisipyöräiset, paitsi milloin pyöriä oli enemmän, tai vähemmän. Korkeat ne olivat, ja ne oli koristeltu lukemattomilla silmiä satuttavan monimutkaisilla kohokuvilla ja virtaavilla maalauksilla. En erottanut mitään moottoreita saati vetäviä olentoja, joten en käsittänyt mikä niitä liikutti. Mutta tarkemmin katsoen ne olivatkin liki aineettomat. En voinut olla varma edes siitä, näinkö ne todella. Toisaalta, sen mukaan mitä Nin kertoi silmien epäluotettavuudesta, ehkä niillä ei mitään todellista hahmoa ollutkaan. Minun oli siis tyytyminen tuohon ulkoasuun, jonka vajavaiset aivoni niille antoivat. Itse matkastakaan en voi sanoa enempää kuin että se tuntui minusta kuin pikakelauksella suoritetulta kaahaukselta risteileviä, valojen täyttämiä moottoriteitä pitkin. Tajusin lähestyviä ja loittonevia valoja, äkkinäisiä käännöksiä, risteyksiä ja salamannopeita suunnanmuutoksia vailla tunnetta kiihtyvyydestä, siinä kaikki.

Sitten, jollakin syrjämutkalla matka katkesi äkilliseen, taivaita raastavaan (äänettömään) rusahdukseen ja leimahdukseen. Vaunut pysähtyivät ja laukesivat hajalleen. He nousivat ulos tarkastelemaan vahinkoja. Oli hyvin pimeää. Heikko nuotion kajo näkyi mustuuden halki, ja sen luona kyhjöttävä hahmo.

Joitakin yökasteesta kiilteleviä lehtiä (mikäli ne nyt sitten olivat oikeita lehtiä, ja puut ympärillä todellisia puita) riippui lähellä, tulesta irtoava valo kimmahti vesipisaroista, jotka verkkaan tipahtelivat lehtien kärjistä.

– Kuka tuo on? Nin kysyi, katsellen nuotion luona kyyristelevää hahmoa.

– Hmm.... luulen, että vika on – odotahan –.

– Mitä?

– Tämä täytyy rakentaa uudestaan, luulen.

– Miten ihmeessä?

– Me taisimme saada liikaa kolhuja silloin kun me siirryimme Jaetuista Unista näille harhautuneille kierto-radoille. Olemme nyt poissa valtaväyliltä.

– Varsinaisia valtaväyliä, niin pahasti kuin siellä töyssytti!

– Vähän kulmikasta se oli. Mutta oikeastaan se siirty-minen se vasta tuntui. Sitä kun ei kuuluisi tehdä.

– Olisi alun perin pitänyt valita toinen, vähemmän kuljettu reitti.

– Ne väylät ovat valtaväyliä juuri siksi että ne halkovat maailmaan jo melkein kaikkialla. Joten niiden hyvä puoli on että niiden kautta tosiaan pääsee nopeammin, mikäli haluaa olla kaukana muualla ennemmin kuin jossakin tässä.

– Mutta vain melkein. Täällä niistä ei näy jäljen rahtustakaan. Jolleivat sitten nuo rauniot –?

Nin osoitti varjomaisia hahmoja, jotka juuri saattoi erottaa yläpuolella, nuotion heikon kajon heijastuessa – ei vaan taittuessa – niistä. Ne saattoi juuri ja juuri erottaa, ja ne liikkuivat.

– Ei, tämä on välitilaa. Joutoavaruutta – vaikka eihän tämä varsinaisesti avaruutta ole – joka kiemurtelee näiden keitaiden ja saarekkeiden välimailla. Nämäkin ovat aika kuoppaisia seutuja, moni on haaksirikkoutunut tänne pitkiksikin ajoiksi.

– Miten heille sitten käy? Kuolevatko he?

– Eivät, mutta eipä paljon puutu. He ovat menettäneet entisen kotinsa, uuteen he eivät ole vielä päässeet, ja heidän purtensa on haavoittunut niin ettei matkaa pääse jatkamaan.

– Kuka tuo on? Onko hän yksi heistä?

– Tuo, joka istuu tuolla itsekseen ja tuijottaa eteensä? On, on varmasti. Hän on ollut täällä jo pitkään, sen näkee siitä ettei hän edes yritä korjata haakseaan. Jota ei muuten missään näykään.

– Ehkä se on tuhoutunut?

– Sekin voi kulua. Veikkaanpa että ukko on kadottanut vielä kompassinsakin, niin ettei hänellä ole enää mitään suuntaa minne lähteä. Sitten hän on pyörinyt paikoillaan aikansa, kunnes hänen voimansa ovat huvenneet ja hän on jättäytynyt tuohon istuskelemaan.

– Eikö hän olisi voinut kysyä neuvoa joltakulta? Entä, voisimmeko me auttaa häntä?

– Ketään ei ole kai ollut lähettyvillä kun hän on pysähtynyt. Näethän, ei täällä nytkään ole ketään. Ja sattumaltahan mekin tänne tulimme. Ihan hyvin olisimme voineet valita toisen reitin emmekä olisi koskaan nähneet häntä. Sitä paitsi, jos me jäämme tänne vielä ihmettelemään, meille voi käydä samoin.

– Eihän häntä voi tuolla tavalla jättää loppuiäkseen loju-maan!

– Kokeillaan, onko hänessä vielä eloa.

He tepastelivat lähemmäksi nuotiota ja jäivät hetkeksi katselemaan miestä. Jara tuuppasi miestä kylkeen:

– Hei! Sinä! Herätys jo!

Mies voihkaisi.

– Kuuletko sinä? Herää, minä sanoin, taikka tönäisen uudestaan!

Haaksirikkoutunut liikahti ja koetti tihrustaa härnää-jäänsä.

– No, silmiä ja korvia nyt! Tarvitsetko sinä jotakin? Kuuletko?

Mies huokaisi ja sanoi jotain. Nin ja Jara saattoivat erottaa puolikkaan sanan:

– ...tään tarvitse ..kä ketään.

– Eipä aivan siltä näytä! Kuule nyt, sinulla on ajovalot ihan sammuksissa! Ota tästä tulta!

Jara kaivoi nyytistään sekavan kokoelman jotakin joka näytti lähinnä sykkyräiseltä vyyhdeltä jouluvaloja, mikäli jouluvalot voisivat hohtaa ultravioletin ja röntgenin eri sävyjä, ja joitakin jotka tuntuivat hohtavan kohtisuoraan todellisuuteen nähden.

– ...mnä polta...

– Pöhkö. Entä haluatko rimssejä tai haihatteja, tai hyvän neuvon osviitaksi?

– Mitä ihmettä hän noilla tekisi, Nin ihmetteli.

– Kukapa tietäisi, mitä kukin kipeimmin kaipaa. Itsekään. Varsinkaan. Kunhan koettelen.

Jara tönäisi ukkoa uudestaan.

– Hei, entäs kompassineuloja?? Ne varmaan kelpaisivat! Oletko ihan varma ettet tarvitse mitään?

– Sinähän olet kuin pahinkin kaupustelija. "Osta suitset, osta purkkaa, ota pullo pivoon." Nin hihitti.

– Ai, paitsi että minä en myy mitään. Kaikki on ilmaista. *Kuuletko*?? Jara huusi miehelle.

Mies vaivasi päätään, voi ihan nähdä hänen raastavan hiuksiaan hänen koettaessaan miettiä. Tällaista hänelle ei ollut ennen sattunutkaan.

– Voisinko ... minä lähteä teidän mukaanne?

– Voi kun et. Matkoja ei ole meillä tarjota. Mutta karttoja voin piirtää miten paljon vain haluat. Ja ethän sinä edes tiedä, minne me olemme menossa!

Mies huoahti.

– "Puh"! Vai "puh"?? Älä sinä puhittele minulle vaan sano mitä haluat!

– ...vähän matkaa, edes?

– Tjaa. Ehkäpä. Mutta voisit kuitenkin sytyttää kynttiläsi, ettet olisi aivan kuollutta painoa. Mitä sinä olet oikein puuhaillut, että olet tänne joutunut?

– Minä odotan, mies sanoi silloin ja täysin selvästi.

– Seuraavaa bussia vai? Niitä ei näillä seuduilla juuri liikuskele.

– Merkkiä.

– Merkkiä. Sillä lailla. Sehän mukavaa. Etkö voisi selittää vähän laveammin, että joku muukin käsittäisi? Mitä merkkiä?

Nin kuunteli, potkiskeli maassa mötköttävää kiveä. Kas, täälläkin oli kiviä.

– Merkkiä... suunnasta. Siitä, minne minun pitäisi lähteä.

Nainen sanoi että –.

– Jos minä kerron sinulle jonkin mukavan suunnan?

– Ei se ole sama.

– Mistä sinä tiedät mikä on oikea merkki? Mistä sinä sen erotat?

– Kyllä sen tietää sitten. Minä uskon niin.

– Vai sellaista? Voi sentään. Miten sinä olet tänne joutunut, oikein?

– Minä... en muista enää.

– Takaisin et varmaan pääse?

– En.

– No kuule, aamu saapuu pian. Ja sen jälkeen vielä monta aamua, sen puoleen.

– Mutta minä en tiedä, mitä tehdä. Jos kaikki onkin ihan turhaa.

– Sinun tapauksessasi minä kyllä neuvoisin, että lähtisit vain. Minne tahansa. Ei mitään väliä. Niin löydät kasa- ja läjäpäin muita samanlaisia eriskummaisen odottelijoita.

Heitä kun on. Voitte sitten odotella yhdessä, se on muka-vampaa.

– Minä en oikein jaksa olla ihmisten kanssa.

– No mikä sinulla on, ihminen? Mihin sinä sitten oikein olet matkalla?

– Ja mikä se nainen muuten on? Nin kysäisi väliin. – Se jonka mainitsit. Jokin jumalainen avatar vai mikä?

– Öm... minä olen, tuota...

– Niin? Jara tivasi.

– Niin hän ei ... mies epäröi.

– *Niii-in?*

– Hän ... ei ole kuten muut. Millään ei ole mitään merkitystä jollei hän tule. Hän sanoi –.

Jara tuijotti hetken miestä ja alkoi sitten nauraa. Hän nauroi niin että taivaat helisivät, pilvet rakoilivat ja syvänvihreä lehvästö heilahteli kuin lehdet olisivat seonneet askelkuvioissaan, tanssissa jonka ne ainakin tähän saakka luulivat osanneensa. Nin katseli ihmeissään Jaraa, joka jatkoi nauruaan, kunnes vihdoin sai nikotellen sanotuksi:

– Senkin hupsu jääräpää! No odota ihmeessä! Emme me voi sinua auttaa.

– Emmekö? Nin kysyi.

– Tuskinpa vain, Jara vastasi. Ja miehelle: – Sinä olet kaiken kukkuraksi rakastunut. Juuri sepä. Siinä sinun tautisi. Ja sehän taas kaiken selittääkin. Ohhohhoi!

Nin katsoi miestä ja huomasi, että tämä ei kuunnellut enää. Sitten Nin katseli ympärilleen.

– Täällä on kyllä todella synkkää...

– No niin on, pimeää ja pahaenteistä. Oikein mustan-puhuvaa. Oikea epätoivon pesä, Jara ilkamoi. – Ei hänellä ole hätää. Jollei ala hätiköimään. Ehkä rakas tulee ja he lähtevät uljaalle parisiipiselle lennolle yli maiden ja merien, yli auringonlaskun polttaman, suolaisen meren. Kera lokkien ja tiirojen, alla sinisen taivaan kilpaa pilventuheroiden kanssa....

– Mutta jos niin ei käykään?

– Äsh, ei hän jaksa iättömästi olla yksinään. Mielelläänhän hän tuossa on.

– Ei kai?

– Kyllä vain. Tai, vahingossa tänne päätyi, mutta nyt hän on oikein ihastunut olotilaansa. Jääristynyt.

Mies kyhjötti liikkumattomana, tuijottaen heiveröisiin liekkeihin. Hän olisi voinut olla patsas.

– Hän odottaa aikansa ja sitten kyllästyy, pakkaa kimpsunsa ja lähtee lampsimaan. Ja jos ei, emme me voi auttaa. Tuon enempää hänestä ei irtoa nyt. Lähdetään.

– Nytkö jo?

– Tässä rupatellessa minä älysin, mikä oli vialla. Taas sen näkee, aina kannattaa herjetä juttusille. Varsinkin syyttä suotta.

– Huomasitko että täällä on jo paljon valoisampaa?

– Ja linnut ne laulelee. Joko lähdetään, ennen kuin puudutaan?

J a taas näkymät vaihtuivat. He kiisivät halki ihmisten maailman kuin tulenleiskaus nokisessa savuhormissa, kuin hälytys sohitussa muurahaispesässä. Kylät vilahtelivat ohitse, tiet, kodikkaat keitaat, mielen merkilliset rakennelmat. He syöksyivät läpi lukemattomien, moninaisten paikkojen, jotka erottivat pientä kylää ja heidän määränpäätään. Läpi yön ja päivän, valveen ja unen, ohi teoiksi muuttuneiden tarinoiden, jotka ihmisiä elävät.

Kun he pääsivät kaupunkiin varhain aamupäivällä Jara purki vaunut (hän vain heilautti kättään ja vaunut katosivat, kuin pyyhekumilla pois pyyhittyinä) ja he lähtivät vaeltelemaan. Ensimmäiseksi he löysivät vilkkaan, hälisevän torin, jolla oli paljon monenkirjavia telttoja ja kojuja, koristuksia, viirejä ja lamppuja. Mutta enemmän kuin mitään myyntikojuja ja äänekkäitä kauppiaita. Puotien lähettyvillä kuljeskeli takkuisia koiria ja ihmisiä, aivan pienistä ikivanhoihin, pitseihinsä verhoutuneita neitokaisia, pieniä lihavia poikia, mekastavia ja lällättäviä lapsia. Ninistä oli oikein hauskaa katsella sitä.

Mutta sitten jokin meni vikaan. Heidän poistuttuaan torilta Jara katosi. Nin ei edes huomannut sitä heti, hän jatkoi vain jutteluaan Jaran kanssa, kunnes hän pientä puistikkoa lähestyessään vilkaisi sivulleen ja huomasi, että Jaraa ei näkynyt missään.

– Jara?!

– Mitä? kuului Jaran vastaus ilmasta.

– Missä sinä olet? Missä me olemme?

– Minä en tiedä. Enkä näe sinua. Kuulen äänesi aivan viereltäni, mutta heikosti.

– Miksi sinä et sanonut mitään? Minä en huomannut.

– Sama täällä. Mutta minä olen tässä ihan lähellä. Äänen päässä, ainakin.

Nin katseli ympärilleen. Puistikossa oli syreenejä ja lehmuksia, kaikki olivat olleet hoitamattomina pitkään. Aivan Ninin vieressä oli aita. Nin kurkisti pylväiden välistä kadulle. Rakennuksia, ja taivas. Ihmisiä kuljeskeli kujalla, joku aamutorkku kauppias availi puotinsa ovia. Puistikon vieressä päällyste oli halkeillut, raoista oli versonut ruohoa ja pieniä, toiveikkaina kurottelevia puuntaimia.

– Miten meille nyt näin kävi? Minä luulin, että täällä on selvät tiet. Ettei täällä ainakaan noin vain eksyttäisi, ei ainakaan näin, Jara ihmetteli.

– Kun edes tietäisi, missä me olemme.

– Erittäin Suuressa Kaupungissa, missä muuallakaan? Mutta taivas on omituisen värinen.

– Miten niin?

– Se on ...punertava.

– Eihän ole. Vaaleansininen. Ehkä häivähdys harmaata.

– Ehkä me... tuntuu aika oudolta minusta. Luuletko, että &nf .lla on tämän kanssa jotain tekemistä? Jaran ääni kysyi.

– Ei harmainta aavistusta. Onpa. Ei ole, Nin epäröi.

– Reittejä oli varmaan useampia. Me kai valitsimme vahingossa eri tavoin, sen jälkeen kun me lähdimme torilta. Olemmepa he omituisia, Jara nauroi. – Eksymme toisistamme vaikka kävelisimme vierekkäin!

– Se on kyllä ihan tavallista, eihän kukaan ole toinen. Sitä asutaan ja majaillaan yhdessä eikä tunneta. Kuljetaan rinnakkain ja kumpikin näkee kaiken eri värein, ja kot onkin jokin kuviteltu tuulentupa. Hah! Entäs sitten tässä maailmassa?

– Ehkä ei olisi pitänyt syöksyä niin mylläkällä tänne. Niin kiireesti. Kiireestä tulee aina harmeja. Minusta tuntuu kuin olisin mennyt jonkinlaisen tunnelin läpi. Ja sitten minä olin jollakin torilla... sinä et varmaan nähnyt sitä ollenkaan?

– Näin minä. Mutta en mitään tunnelia.

– Se tuntui tunnelilta. Eli sama asia kuin se olisi ollut tunneli.

– No niin.

– Ja sitten minä kuulin jotain musiikkia… mutta nyt minä en ymmärrä...

– Ehkä sinä näet nyt unia, silmät auki.

– Tai sinä.

– Ei, sinä. Luulen. Minä olen täällä missä ihmisetkin. Tiedän sen. Tiedätkö sinä?

– Minä tunsin sydämeni. Kerrassaan merkillistä, minä en

ole ikinä tuntenut mitään sellaista. Se löi nopeasti, jotenkin hätääntyneesti –.

Jaran puhe katkesi. Nin huudahti:

– Jara!

– Tässä minä olen vielä. Etkö sinä kuullut minua?

– Meidän ei olisi pitänyt tulla tänne.

– Me emme olleet vain kyllin varovaisia.

– Mitähän tässä nyt oikein pitäisi tehdä? Voisimmeko me kulkea samat askeleet takaisin ja yrittää uudelleen?

– Ei, minä en ainakaan voi palata, olen varma siitä. Kumma tunne... niin kuin tässä olisi nyt uusi uni... ja se aiempi jota kuljimme yhdessä, ei ole poistunut. Se elää tässä, aivan tässä näin, pinnan alla.

– Vaiko sinä siinä? Kumpaa sinä nyt elät? Nin kysyi.

– En tiedä. Eriä kai kuin sinä, koska me emme näe toisiamme.

– Tämä on ihan tolkutonta! Eihän maailma ole voinut heittää kuperkeikkaa aivan noin vain. Niin että mitä muuta jää selitykseksi kuin että sinä olet jotenkin muuttunut. Taikka minä.

– Me olemme taittaneet melkoisen matkan. Imeneet uutta kuin pesusienet. Kyllä se muuttaa, sellainen.

– Minua alkaa pelottaa, Nin sanoi. – Me olemme olleet täällä jo liian kauan. Muistatko, mistä me puhuimme? Raudasta, ja siihen koskettamisesta?

– Muistan. Onkohan tämä nyt sitä?

– Kohta me olemme eksyneet tänne! Haihtuneet ja hajon-

neet, muuttuneet ihmisiksi tai jotain vielä kammottavampaa!
Alamme ajatella kuten he emmekä enää muista, mistä me
tulimme. Unohdumme tähän leikkiin, käy ihan niin!

– Ei, en usko –

Jaran ääni häipyi taas kuulumattomiin. Nin kuuli vain
ilman humisevan lehtien lomitse, ja hieman ääniä kadulta.
Jostakin kaukaa, määrittelemättömästä suunnasta, kuului
matalaa, hidasta jyskytystä, kuin jokin jättiläismäinen kone
olisi ollut käynnissä. Kaupunki hengitti.

– Jara? Jara??

– ...ääse ulos, mitä arvelet?

– Mitä sinä sanoit?

– Voikohan tämä olla jotain, mistä ei pääse ulos, mitä
arvelet?

Jaran ääni kajahti oudon kalseana ja kovana, kuin se olisi
heijastunut jostakin etäällä olevasta, metallisesta ja ääntä
kokoavasta heijastavasta pinnasta. Nin tiesi, että se oli
täsmälleen sama lausahdus, minkä Jara oli hetkeä aiemmin
sanonut. Hän ei ollut sanonut sitä uudestaan, se oli vain
tullut uudestaan.

– Lähdetään takaisin, Nin sanoi, hyvin huolestuneena.

– Muistan, onko tämä nyt sitä? *Taas toistunut lause.*

– Jara, kuuletko sinä minua?

– ...sydämeni. Kerrassaan....

– JARA!?

– ...Eriä kai...Eriä kai... ulla tänne...

Jaran äsken sanomat lauseet kieppuivat Ninin ympärillä,

honottavina ja persoonattomina. Välillä ne tuntuivat kuuluvan Ninin edestä, välillä takaa, joskus hänen molemmilta puoliltaan yhtaikaa. Kuin ilma olisi nauhoittanut sen, mitä he juuri puhuivat, ja sulkeutunut sen jälkeen esteeksi heidän välilleen. Nin oli huolestunut. *Mitä hän nyt tekisi? Missä Jara oli?*

in lähti kävelemään, päättäen palata puistikkoon myöhemmin. Ehkä hän keksisi sillä välin jotakin. Puiston laidassa oli jokin vanha, selvästikin hylätty kellari. Ovea siinä ei enää ollut, ja sisältä lemahti tunkkainen homeen haju kun Nin laskeutui portaat alas. Kellari oli tyhjä, lukuun ottamatta seinustalla lojuvaa tomuista, kannetonta matkalaukkua, jossa oli useita veden tahrimia, kannettomia ja selättömiä kirjoja. Kaikissa niissä oli hyvin romanttisia, sydäntä rääyttäviä kertomuksia. Nin lehteili uteliaana kirjoja vähän aikaa, kyllästyi sitten ja lähti kapuamaan takaisin ulos.

Kaduilla hän ei tuntenut oloaan ollenkaan kodikkaaksi. Suuret, meluisat vaunut rullasivat tympeinä tasaisia katuja, sylkien fenoleille ja kuolleille tähdille haisevia kaasujaan. Ihmiset kulkivat käytävillään, tulivat kohti silmät tanassa ja tömistelivät ohitse. Kaikki vaelsivat kuin he olisivat olleet menossa suorittamaan Maailman Tärkeintä Tehtävää.

Erittäin Suuren Kaupungin elämä oli näköjään meluisaa ja pahanhajuista, asukkaiden korvat olivat jo kauan nielleet niin paljon kaikenlaisia messuja, mellakoita ja mylväyksiä, että ne olivat lähes tukkeutuneet. Kadulla puhuttiin kovalla äänellä. Ja nenäparat olivat vähää vaille muurautuneet kokonaan umpeen. Tai niin Nin päätteli, siitä miten ihmiset koettivat tehdä toisiinsa vaikutuksen mitä pöyristyttävimmillä löyhkillä, joita he pirskottelivat pienistä pulloista korviensa taakse. Nin ajatteli sitä hetken. Ja vielä toisen. Ja rauhoittui vähitellen. Mitä uhkaavaa voisi olla ihmisissä, jotka eivät näe, kuule eivätkä haista mitään? Ei mitään.

Vaateparret olivat melko omalaatuisia. Enemmän kuin mitään asukkaat näyttivät pelkäävän sitä että jonkun toisen yllä roikkuisi täsmälleen samanlainen puku. Joskin useimmat pukimet oli sylkäisty ulos aivan samasta koneesta aivan samanlaisina, niiden kantajat olivat opetelleet kantamaan niitä eri tavoin, lisäämään kukkasen sinne, jättämään paidan ulos housuista tuolla, ja jotkut pitivät niitä ryppyisinä ihan tahallaan. Selvästikin he ajattelivat paljon ulkonäköään, joten ilmeisesti he myös ajattelivat paljon erottautumista muista, joten he siis halusivat kovasti tuntea olevansa jotenkin erilaisia, jokainen heistä. Olisihan se ollut ainakin loogista, Nin pohti.

Moisessa tungoksessa tuollainen pyrkimys vaati varmaan paljon ajattelutyötä, rutiinia ja kokemusta. Ja se näkyi kuten sen kuului ja antoi onnistuessaan aihetta olettaa, että rääsyjen kantajan muutkin ajatukset olivat varmaan yhtä huimiin korkeuksiin kiivenneitä. Niin että tulokkaasta yritys jutella tuollaisen ihmisen kanssa tuntui kuin vuoristo-kiipeilyltä paljain käsin jääseinän kyljessä.

Kuten Ninistä, joka kokeili teeskennellä tavallista kulkijaa vähän aikaa. Hänestä tuntui kummalliselta, ettei hän ainakaan aluksi onnistunut tavoittamaan yhtäkään katsetta. Jokainen hänen hymynsä ja vilpitön lähestymisyrityksensä palautettiin nopeasti takaisin, kuin kimmonneena tiukasti ristikoituneiden tapojen ja sääntöjen läpinäkymättömästä seinästä. Uteliaisuus ja kiinnostus merkitsivät siis juuri sen hivenen verran jotakin muuta kuin ystävällisyys. Nin saattoi kuitenkin lopulta erottaa joitakin huulten värähdyksiä, jotka saattoi tulkita vaikkapa hymyiksi, tai ainakin merkeiksi jonkinlaisista tunteista, ja joitakin pienen perehtymisen jälkeen tyypillisiksi erottuvia silmänkieputuksia ja kulmakarvojen kohotteluita.

Jotkut ilmaisivat itseään selvästikin lämpimyyttä tavoitellen, olematta kuitenkaan yhtään sen ystävällisempiä – sen huomasi heti jos antoi esityksen johtaa harhaan ja erehtyi todella avomieliseksi. Mitäänhän siinä ei tietysti menettänyt, korkeintaan saattoi saada joitakin vähäpätöisiä haavoja niistä ilmassa lentelevistä pikku tikareista.

Mutta missä Jara oli? Miten hänet saattaisi löytää?

Nin ei epäillyt, etteikö hän lopulta onnistuisi. Mikään tällainen, tällainenkaan ei ollut koskaan onnistunut erottamaan heitä. Aina lopulta he olivat onnistuneet lähettämään toisilleen viestin, mistä heidät voisi tavoittaa. Eivät ajl-Trylumin haisevat suohirviöt, eivät valoa karjuvien galaksien hirmuiset takapihat olleet eksyttäneet heitä lopullisesti toisistaan – miten sitten muka tämä, joka kutsui itseään niin mahtailevasti Erittäin Suureksi, pystyisi. Ei mitenkään!

Nin näki reppuselkäisen kulkurin, joka Ninin mielestä muistutti kovasti Nimetöntä. Nimetön oli todella mukava kaveri, Nin ajatteli. Huvikseen hän lähti seuraamaan miestä. Resupertti oli ilmeisesti hänkin juuri saapunut kaupunkiin, päätellen siitä miten ihmetellen ja uteliaana hän katseli ympärilleen. Hän vaelteli kaduilla ja tunneleissa, päämäärättä, ja silloin yksi suuren kaupungin kummallisuuksista toteutui hänen kohdallaan: hänen, kuten jokaisen sisällä asuvan pienen näyttelijän ja työmatkaansa raahustavien erittäinsuurikaupunkilaisten kanssa löytyi kylliksi yhteisiä kieliä ja resonanssia, sillä seurauksella että hän huomasi yllättäen sujahtaneensa jonkin romanttisen kulkurin kauhtanaan.

Ninistä hän oli romanttinen. Mutta mies ei selvästikään ajatellut samoin: hän ajatteli vain kolmea asiaa: 1) ruokaa, 2) mistä yösija, ja 3) mitä minä taas täälläkin teen?

Joka tapauksessa hänen olemuksensa, jota hän ei ollut sen kummemmin harkinnut, oli juuri kylliksi päivän tyylin mukainen ja juuri sopivasti siitä poikkeava, että se sointui yhteen kaupungin ilmastossa aina liikehtivän lyyranhelinän kanssa. Halusi taikka ei, hän huomasi olevansa kiinnostava.

Tai pikemminkin, vaikutti siltä kuin hän olisi yrittänyt olla kiinnostava. Nytkin hän oli vain kävelemässä kadulla, tällä kertaa joillakin kujilla jotka olivat täpösen täynnä erilaisia työhuoneita ja kirkkaasti valaistuja huoneita joissa uusimmat huutomerkit oli maalattu kankaille ja tuotu kaikkien nähtäville, ja hänet arvioitiin tuota pikaa yhdeksi noista kaupungin seikkailijoista, jotka joko tosiaan olivat taiteilijoita tai sitten vain niitä jotka koettivat käydä taiteilijoista ja joiden voimista suurin osa kului tämän boheemin olemuksen ylläpitämiseen. Aivan kuin hän olisi leikkinyt – ei kai kukaan uskonut että hän muka sattumalta käveli tuon kyyhkysparven lävitse? Niin viehättävästi se lehahti lentoon!

Kulkuri huomasi kyllä tehneensä eräänlaisen vaikutuksen, ja leikkikin sitten hetken leikkijää kunnes kyllästyi ja pyrki vaeltelemaan taas omin askelin. Täällä oli kuitenkin vaikea täysin vapautua ilmaan kirjoitetusta vaatimuksesta näyttää jollakin tavalla erityiseltä ja huomattavalta.

Nin kyllästyi, jätti kulkurin kulkemaan tietään ja lähti tiehensä.

Koko kaupunki alkoi tuntua hänestä perin juurin ikävystyttävältä. Nähtävää oli kyllä paljon, mutta ei mitään mikä olisi vetänyt vertoja esimerkiksi hyvälle rupattelulle tutussa seurassa.

Silloin Nin kuuli huilun äänen. Sävelmä tuntui tutulta ja Nin tallusteli lähemmäksi soittajaa, joka istui jalat ristissä jalkakäytävällä, hattu edessään, ja improvisoi. Tutulta mutta ei aivan. Nin tunnisti hyvin katkelmia laulusta, jota Jara toisinaan lauleli. Siinä juuri oli se viesti! Jara kuiskutteli soittajan korvaan sävelet, ja tämä vain puhalsi ne ulos. Niinpä tietysti, mikäs sen helpompaa!

Nin arvasi että nyt oli turha yrittää huudella Jaraa. Jara ei nyt taatusti ollut puheen tavoitettavissa. Mutta mitä Jara oikein yritti kertoa? Nin yritti kuunnella. Vihdoin hän sai selvää tarpeeksi, että pystyi tunnistamaan kaksi sanaa, jotka toistuivat yhä uudestaan ja uudestaan:

– *keidas, kiteitä... keidas, kiteitä...*

Siinä kaikki, jos soittajan omat lisäykset, joita ei aivan vähän ollutkaan, jätti tulkitsematta. Nin huokasi. Juuri niin Jaran tapaista: hän ei mitenkään voinut antaa selvää neuvoa, kuten "kaksi risteystä suoraan ja sitten vasemmalle", tai "puhalla tuohon ruokoon ja hyppele". Ei, hänen piti esittää arvoitus.

No niin. Ja mitähän se tarkoitti? Se liittyi johonkin heidän kahdenkeskiseen jutteluistaan. Nin koetti muistella, missä he olivat puhuneet tuollaisia. Ai, tosiaan, kaupunkiin tullessaan:

– *Minä olen jo aivan näännyksissä, Nin sanoi.*

– *Odota, kuljetaan vielä vähän aikaa. Kyllä se löytyy, vielä.*

– *Minä en jaksa enää. Minä nälkiinnyn, minä näännyn. Minun korvani kuihtuvat ja putoavat pois.*

– *Katsotaan vielä tuonne kirkon taakse.*

– *Eikö ennen sinne sisälle? Nehän ovat jonkinlaisia konserttisaleja, eivätkö olekin?*

– *No ovat, mutta tuskinpa sinä sitä kauaa viitsisit kuunnella.*

– *En vai? Onhan se kuitenkin musiikkia.*

– *Korkealla parvella istuu mustaviittainen hahmo joka huitoo sähköpöytien ääressä, ulvoo ja vonkuu ja puhaltaa* metalliputkiin. Ja kansa alhaalla kollottaa mukana minkä osaa. Sellaista se on, minun tietääkseni.

– Ehkä se on kuitenkin kaunistakin?

– Ehkä, joskus. Mutta ne laulut ovat lähinnä pelottavia. Ja jos laulaa nuotin vierestä, heitetään portaita alas kellariin, niin sanoo se mies joka lukee kirjaa salin edessä. Kuulostaako kiltiltä?

– Minkä takia ihmiset sitten ovat siellä?

– Opettelemassa laulamaan paremmin, minä luulen. Ja kuuntelemaan. Tosin nykyään sitä harvemmin kuunnellaan sillä lailla, niin että ne tosiaan ovat enemmänkin vain keikkapaikkoja. Mutta musiikki on ihan samaa.

– Keidas, jonne pujahtaa.

– Minä olen kuullut, että sillä keitaalla on kova kiista siitä, minkä palmun alla on paras maata.

– Eivätkö he mitään hauskempaa puuhaa keksi?

– Kas, jotkut pitävät siitä. Turtuneita kun ovat, päät kiteitä täynnä. He hierovat niitä vastakkain, toivossa, että ne pehmenisivät.

– Minä olen nähnyt joidenkuiden tulevan ulos, noiden pylväiden välistä ja he ovat ihan loistaneet onnesta.

– Enemmän kuin ne, jotka aamusella pikku tönöstään, vähän pöpperöisinä toisiaan halaillen...?

– Enemmän, vähemmän, en minä tiedä. Eri tavalla. On monenlaista onnea. Minun onneni olisi nyt kuunnella hapsigaa, tai mezzorellaa, tai edes pientä kulpua.

– Ei täällä niitä ole.

– No sitten kitaraa. Tai pihanoa, sekin jopa kävisi. Ihan totta, minä näännyn! Ihan kuin olisi joutunut autiomaahan, jonne kaikki kivasti solisevat purot sammuvat. Tai vielä pikemmin, kuin olisi joutunut jonnekin kiventyöntäjä-ölkkien luoliin kuuntelemaan möhkäleiden jyminää ja niiden hiljaista narskumista toisiaan vasten. Täällä ei solise mikään. Joten minä tahdon soittoa ja lauluja, eikä niitäkään ole! Ah! Minä läkähdyn, minun voimani hupenevat, minä ohenen! Minä kuihdun, kuolen, haihdun pois! Minä haluan takaisin, sinne missä varjot jäävät aamusella soittelemaan lehdellä kun heräämme, missä harottajat tapailevat ohuilla sormillaan romanttisesti viritettyä ilmaa!

– Älä nyt liioittele. Maailma soittaa, kuuntele sitä. Katso taivasta. Kuuntele lintuja ja... tyhjien kerrostalojen huminaa tuulessa. Ja maa, kuuletko? Miten se hengittää, tasaisesti ja syyvään.

– Höh! Mutta linnut ...

iten samankaltaisia niin me pienet sentään olemme ja miten meidän kaikkien täytyy päivittäin uurastaa saadaksemme suuhumme sen pienen ruuanmurenan taikka sävelmän ja miten me siltikin miten kukin osaamme kisailemme, vain erilaisin äänin, pikku siivekkäät ja isommat joiden lentimet niin heikosti paljaalle silmälle erottuvat ja ainoastaan niille, jotka heidän kieltään ymmärtävät

kun te jonakin päivänä sitä käsitätte, te pian opitte vaeltelemaan kielen kiillotetuilla kaduilla sen erikoisia veistoksia ihaillen, ajatuksista rakennettujen asumusten ja kysymysten ja epäröintien merkitsemien risteysten muuttuvilla poluilla, ja pian unohdatte ainesten helppouden ja karkeuden ja opitte rakastamaan pakotetun aineen soivaa kauneutta

karaistua teidän siksi vain hieman täytyy, että te jaksaisitte kuulla rosoisten äänien lomitse musiikin jota jokainen täällä joka elinhetkenään säveltää – niin on täällä sekoitettuina kova ja pehmeä, kylmä ja kuuma, niin moninaisiin muotoihin sidottuina ja punottuina, ettei sen kaiken olemusta voi hahmottaa, rauhoittumatta, voimatta sittenkään täyttä ymmärrystä vaatia

tämän kauneuden luo työ, ja maa, sen vakaa hengitys siinä jähmeydessä ja lujuudessa joka ihmisten puheissa huokuu ja heidän ryhdissään, sen vakaa itsenäisyys ja voima, joka niin erikoisia ponnistuksia vaatii siihen tarttuvalta, joka ihmisten jalkoja heidän selkäänsä nousee ja sen heidän känsäisten käsiensä kautta siirtää heidän puheensa kaupunkeihin

niin ja sen ahavoituneet mammankasvot saavat kuvastimensa äitien ja heidän lapsiensa ruskettuneilla poskilla, miesten käsissä, kutsuissa ja huudoissa, tervehdykseen ojennetuissa kourissa, kaikissa soi tuo sama maan laulu, outo varjo-olennoille, ilmasieluille kuulla mutta ei paha eikä vaarallinen

totuttauduttava siihen vain on, aivan niin kuin te ensin opitte kuulemaan ilman kuiskauksia, tutustuaksenne sitten tulen ja veden kuumempiin ja hurjempiin säveliin.

VESI ON PEHMEÄTÄ, JA JOS SATTUU OLEMAAN VAIKKAPA
KALA NIIN SIINÄ ON HYVÄ UIDA, IHAN SAMALLA TAVALLA KUIN
JOS ONKIN SEN SIJAAN LINTU LENTÄVÄINEN NIIN SILLOIN ILMA
ON IHANAA LENTÄÄ JA HENGITTÄÄ

eidas. Kiteitä. Kirkko.
Nin pohdiskeli.
Hm. Siis kirkkoon. Mutta mihin kirkkoon? Lähim-
pään varmaankin. Missä täällä oli kirkkoja?
Nin tutkaili lähettyvillä kasvavia rakennuksia. Mikään
niistä ei näyttänyt kirkolta, ei ainakaan sellaiselta, jonka he
silloin olivat nähneet. Mutta kadun päässä, aivan sen toisessa
ääressä häämötti jokin vanha, korkeatorninen rakennus. Sen
täytyi olla kirkko.
Nin jätti soittajan ja lähti tallustamaan. Seuraava kortteli,
seuraava, seuraava. Kohta hän seisoi vanhan kaksitornisen,
punaisen katedraalin edessä. Nin astui sisään ja näki pitkän,
suoran käytävän. Sen molemmin puolin oli vanhoja
kuhmuisia puupenkkejä, joilla oli joitakin kirjoja. Edempänä,
käytävän toisessa päässä oli värikkäillä kankailla koristeltu
koroke, ja korokkeella kankaita, ristinmerkkejä ja mies, joka
kuljeskeli edestakaisin, heiluttaen kädessään vitjoihin kiin-
nitettyä, savuavaa kuppia. Nin käveli eteenpäin punaista

mattoa pitkin ja jäi sitten seisomaan keskelle lattiaa. Entä nyt?

Vastaus putosi yläparvelta kuin tonni mainoslehdyköitä, mahtavana, kauheana jyrähdyksenä kun joka ainoa urkupilli rääkäisi, ulvoi ja vislasi yhtaikaa ulos kaikuisaan tilaan kaiken sen mitä niistä melua vain saattoi irrota. Ääni oli kammottava, Nin löi kädet korvilleen ja painui polvilleen lattialle. Pappi alttarin luona säpsähti ja alkoi perääntyä järkyttyneenä kohti sakastin turvaa, kunnes kompastui porrasaskelmaan ja lennähti takamuksilleen.

Ääniaallot ryöppysivät seinästä seinään ja löivät toisiaan vasten, kaiku ja kaikujen kaiut tuntuivat jatkuvan loputtomiin, ennen kuin ne vihdoin vaimenivat ja Nin uskalsi nostaa päänsä ja tirkistää varovasti yläviistoon, mitä mahdollisesti olisi pian tapahtuva.

Jara seisoi hänen edessään.

Nin tuijotti pöllämystyneenä Jaraa, joka virnisteli kuin hyvänkin kepposen tehneenä.

– Kuule, tuota, mitä sinä –?

– Mitäkö, minä etsin keinon tulla takaisin.

– Mutta mitä tuo... tuo...

– Äänikö? Taisi olla aika meteli?

– En tiennyt että tuollaista voi ollakaan!

– No jopas. Mutta muuten minä en olisi päässyt läpi. Minä näet muistin, missä kohtaa minä olin eksynyt sinusta. Pian sen jälkeen kun me olimme menneet sen ensimmäisen kirkon ohi. Minä jäin kuuntelemaan muuatta sävelmää, joka kuului avoimesta ikkunasta, ja mokoma nappasi minut mukaansa. Minä uppouduin siihen ihan täysin. Hassu juttu.

– Ja sitten keksit tuon?

– Tuli minulle mieleen muitakin temppuja, mutta tämä oli nopein. Musiikkiin sisään, hep, musiikista ulos, hop, mikäs siinä, mutta ulos tullessa äänen pitää olla sellainen että se tuntuu. Muuten se sama vire olisi vain jatkunut ja jatkunut... jokin pikku huilu ei olisi auttanut yhtään.

– Pääasia on että olet taas siinä. Mutta käytä ensi kerralla jotain, hm, lähteen solinaa tai tuulta tai muuta leppoisampaa, jos se vain mitenkään käy. Tai oletko ajatellut variksia? Ne voisivat auttaa. Minä pidän niiden raakkumisesta, ne ovat niin humoristisia.

– Huolestuitko jo vähän?

– Aivan vähän, Nin sanoi. – Tai no oikeastaan, nyt kun kysyit...

He lähtivät kävelemään ulko-ovelle, jolle oli ehtinyt kerääntyä melkoinen joukko töllistelijöitä. Kirkon edustalla oli pieni aukio, ja sieltä he suuntasivat talojen väliköihin, kapeille, mutkitteleville kujille.

– Minne me olemme menossa? Nin kysyi.

– Vähän epävarma tieto se on, mutta luulen että tämä on oikea suunta.

– Niinkö? Ja suunta minne?

– Leonin luokse. Hänen luonaan Andrei oli viimeksi, viime tiedon mukaan.

Alkoi hämärtää. Heidän askeleensa veivät ohitse pysäköintialueen ja vaatimattoman parakkirykelmän. Sen edustalla seisoi kaksi miestä kinastelemassa jonkin talon arkkitehtuurista. Suihkun puutteesta, ja kun siinä kadulla vain jatkuivat ne pölyiset korjaustyöt, ties kuinka monetta vuotta jo. Kadunkulmauksessa valtava valkoinen kimalteleva ostoskeskus ponkaisi ylös kuin Benjamin Franklinin muisto-patsas. He katselivat sitä.

– Mennään tuosta läpi, Jara sanoi.

– Ei kai?

– Mennään vain. Varotaan vain noita vesseleitä, he näyt-tävät uhkaavan pitkästyneiltä.

Kaksi vartijaa potkuhousuissaan huojui rentoa lehmipoikatyyliä tavoitellen oviaukossa, loisteputkien kirkkaiden heijastusten valohälyssä. Heillä oli pamput vyötäröillä ja hansikkaat takataskuissa, radiopuhelimet mukavasti käden ulottuvilla, aivan asiaankuuluva rekvisiitta ja he tiesivät sen. He vartioivat pääsyä kulumisen ja kulutuksen ihmemaahan, joskin vailla oikeutta evätä pääsyä keneltäkään niin kuin on kirjoitettu vapaan tuhlauksen kaanoniin. He eivät kuitenkaan olleet kiinnostuneita enempää Ninistä kuin Jarastakaan, joten nämä pääsivät ohitse helposti: vain pari mielenkiinnotonta vilkaisua puolin ja toisin ja he ovat sisällä.

Sisällä rakennuksessa oli paljon koristeita, ylellisiä hajusteita ja muulla tähdellistä somistusta monen näyte-ikkunan takana monessa kerroksessa. Niiden keskitse, kattotasanteelta alas pohjakerrokseen asti ulottuva vapaa tila oli täynnä ohuista siimoista roikkuvia viestejä.

– Mitä nuo ovat? Nin kysyi.

– Jonkinlaisia vaakunoita. Lippuja ja hallitsijoiden viirejä. Ei mitään kiinnostavaa, oikeastaan. Hölynpölyä.

He poistivat ne mielestään kuten kaduilla lojuvat jätteet, niitä enää näkemättä, ja pääsivät esteettömästi ja mihinkään takertumatta maleksimaan suojakaiteen luokse. Siinä he nyt tähystelivät. Alhaalla, pohjakerroksessa pyöreiden, valkoisten pöytien ääressä istui siististi tummiin pukeutuneita miehiä räiskyvien naistensa kanssa, päinvastoinkin, kulauttelemassa mustaa kahvia sinisten kuppien täydeltä.

– Omituisen näköistä puuhaa, Nin ihmetteli. – Sanoinko sen jo₁ omituisen näköistä.

Ylhäältä katsoen moinen kokous näytti epätodelliselta, vähän kuin vahanukkien tai marionettien asetelmalta. Jara tutkaili näkymää hetken syventyneesti ja tirskui itsekseen.

– No mitä nyt? Nin kysyi. – Sinä alat olla ihan kummallinen.

– Eipä mitään. Se vain tarttuu vähän. Jatketaan matkaa.

He lähtivät ja ohittivat uudestaan uloskäynnin lasikarusellin. Hetken he ehtivät nauttia savua tiukkuvasta ulkoilmasta ennen kuin 'BAR'-kyltin alle kätkeytyvä ovi-aukko houkutteli heidät takaisin sisätiloihin. Tai ainakin Jaran, joka veti Ninin mukanaan.

– Mitä me täällä? Nin kysyi.

– Hän käy toisinaan täällä, kun tulee hämärä, Jara sanoi.

– Leon?

– Juuri hän.

– Tapaamassa ystäviä? Satuja tarinoimassa?

– Kaipa sitä niinkin voisi sanoa.

Baarissa, tai kahvilassa, se ja sama sillä joka tapauksessa tarjolla oli kaikkea kenties kaivattavaa, paitsi mitään heille tarpeellista, istui eri ikäisiä ja monenkokoisia miehiä korkeilla jakkaroilla. Salissa kolkoissa pöydissä näkyi myös joitakin naisia. Lattialla lojui mujua ja kariketta mahtavina kasoina, parhaimmillaan ne kipusivat aina lahkeisiin saakka, aivan tiskin juurella, missä tumpit, paperisilppu ja murjotut oluttölkit odottelivat tulevaa luutien yötä. Kuvaruutu katonrajassa suolsi sähköisiä hullutuksiaan, joita kukaan ei ehtinyt seurata: enimmät voimat kuluivat nähtävästi laitteen jättämien lyhyiden äänettömien hetkien täyttämiseen erilaisilla huudahduksilla ja öhinöillä. Puheella siis, jonka sekasortoinen joukkovoima hyökkäsi tulijoiden korviin pelottavina, torjumattomina falangeina.

Mutta mies tiskin takana hymyili leveästi. Hän hyöri paitasillaan toteuttamassa janoisten ja selväjärkisyydestään kärsivien toivomuksia. Ja tänään oli hyvä päivä, niin, jopa kassakone hänen vierellään näytti iloiselta.

– Tämä on aivan sietämätöntä, Nin valitti.

– Meluko? Niinpä.

– Ja kyllä hajukin.

– Jatketaan. Käydään hänen luonaan. Minulla on ounastus hänen asuinpaikastaan.

He menivät ulos, missä alkoi olla jo aivan pimeää. Kuja mutkitteli eteenpäin ja päätyi pienelle aukiolle. Aukion laidassa näkyi purettavaksi tuomittu betonikuutio, kaivinkoneiden iskuun kohonneiden kourien piirittämänä.

– Minusta tuntuu, että hän ei asu enää täällä, Jara tuumi, katsellessaan kärsinyttä rakennusta.

– Ehkä hän on vähään tyytyväinen.

– Kyllä näissäkin jotkut asuvat. Vilkaistaan sisälle.

Ulkoseinässä oli pieni reikä, josta juuri pääsi kampeutumaan sisään. He kipusivat aukolle ja pudottautuivat keskelle ruosteisten peltilevyjen rämisevää kokoelmaa. He levittivät katseensa päin romahtaneiden välikattojen ja puhkaistujen seinien sokkeloa.

– Ei ketään, Jara totesi. – Paitsi rottakerho tuolla.

– En kyllä muuta odottanutkaan, Nin sanoi.

– Katsotaan minne nuo portaat vievät.

Huoneen perällä, murtuneiden tiilien puoliksi hautaamina häämöttivät sementtiportaat jotka johtivat ylöspäin. He hakeutuivat askelmille jotka kiersivät tyhjän keskuksensa ympäri kohti toista kerrosta. Sinne päästyään he astuivat sisään vaihteeksi normaalikokoisesta oviaukosta. Täällä oli jälleen elämää: ruskea kissa, joka tuijotti heitä turvallisen välimatkan päästä. Nin ei yrittänyt lähestyä sitä, sillä se näytti selvästikin melko aralta.

Heidän edessään avautui suuri rapautunut sali. Yksi sen seinistä kehysti ovea ja kolme muuta korkeiden ikkunoiden ylväitä jonoja. Katto oli romahtanut keskeltä sisään, vain katkenneet puulankut törröttivät mustina ja synkeinä kohti sinimustaa taivasta siinä missä oli joskus ollut koristeellisen kattomaalauksen keskuskuvio. Nyt sen paikan täyttivät Orionin tähdet, jotka pingottautuivat heidän yllään tuttuun muodostelmaansa ja pehmensivät ystävällisellä valollaan katulamppujen sisään valuvaa tuikeaa hehkua. Laiska katto-huovan riekale roikkui pitkänä ja hoikkana salin keskellä, hartaan juhlallisena ja kuin odottaen Transilvanian kreivin saapumista.

– Minulle tulee tästä mieleen vaikka mitä, Nin sanoi iloisesti. – Nämä vanhat tönöt ovat paljon hauskempia kuin nuo toiset.

– Tuosta ikkunasta kai pääsee, Jara sanoi ja asteli lasinsirujen yli sivuseinälle.

He hyppäsivät ikkuna-aukosta ulos ja löysivät itsensä kujalta talon takana.

uja puikkelehti vanhojen rakennusten välissä, kunnes se viimein avautui laajalle, roskaiselle joutomaalle. Purettujen kerrostalojen tiiliset varjot loimottivat punaisina vielä säästyneiden rakennusten seinillä ja rajasivat alueen, joka oli täynnä öljyisinä kiilteleviä, rampautuneita koneita ja lukemattomia tarkoitukseltaan tuntemattomia, hylättyjä pieniä esineitä.

– Minä unohdin kysyä, asuuko Andrei ihan täällä? Vai sanoitko jo? Nin kysyi.

– Ei hän niin juurtunut ole. Mutta kohta nähdään.

He kulkivat varovasti keinotekoisen ryteikön lävitse, todellakin äänettömästi, mutta Nin, joka oli yhä vähän huumaantunut kirkkourkujen yllättävästä hyökkäyksestä, ei voinut välttää kolhaisemasta maassa lojuvaa rautaromua mennessään erään erityisen sykkyräisen metallipusikon läpi. Ääni joka kajahti iltaiseen ilmaan ei ollut kovinkaan kova – mutta silti hyvin lähitalojen kulmauksessa majailevan piskin kuultavissa. Se alkoi haukkua. Jara koetti hyssytellä koiraa mutta nyt se ei onnistunut. Pian oli myös haukkujan isäntämies valveilla ja paikalla mökkinsä ovensuussa.

– Kuka siellä? mies huusi.

– Hän se on, Jara kuiskasi. – Me löysimme hänet.

– Onko se Leon?

– Ainakin joku kerrassaan samalta kuulostava.

Nin katseli pohdiskellen miestä pienen hetken, sitten huikkasi takaisin kovaan ääneen:

– Kaksi kulkuria, matkalla yön maasta päivänlaskuun!

– Kovinpa synkkää tietä kuljette!

– Ei tie kovin synkkä ole, vai matkan päätepaalut ovat näin tummin värein merkityt.

– Tulkaa ihmeessä juttelemaan, te salaperäiset hämärän matkailijat, mies heitti takaisin.

He kävelivät lähemmäksi.

– Jos sinä et ole Jara, mies huudahti, – Jara, jonka oikea nimi on paitsi liian pitkä mainittavaksi, myös niin vaikeasti lausuttavissa että sitä on tuskin käytetty sen jälkeen kun hän sen sai, niin minä olen sokea huuhkaja! Tervetuloa, ja ystäväsi myös, kuka liekään! On mukava kuulla kuulumisia.

– Toki. Monesta tapahtuneesta tiedämme, ja vielä enemmän siitä, mitä nyt näemme ja kuulemme, Nin sanaili.

– Mutta senhän minä jo tiedän itsekin, mies vastasi.

– Niin, vaan mahtavatko olla samat prismat meillä kaikilla, vai saattaisiko uusien sanojen vaatteisiin puettu aate sittenkin antaa uusia, oivaltavampia mietteitä? Kun on puhe yleensä hyvästä, eikä hyvä ole kenenkään itseään kaikki-tietoiseksi uskoa.

– Hyvä, hyvä, noin minäkin arvelen. Viisaita puhut. Vaan miksi tuolla nuotilla?

– Mitä?

– Tulkaa sisään, tehkää hyvin, mies jatkoi.

– Millä nuotilla? Nin kysyi Jaralta kun he kumartuivat, astuakseen miehen kojuun.

– No tuolla vähän esimuinaisella jota käytit, Jara selitti.

– Ai, ja minusta kun se kuulosti niin ryhdikkäältä.

– *Laahukselliselta*, tarkoitat.

– Niinhän minä sanoin. Minä löysin sellaisen arkun jossa oli joitakin tarinoita ja minä selasin –.

Mies tohisi heidän ympärillään ja huitoi kädellään, osoitteli sisätiloja ja tuoleja.

– Onko se hän? Nin kysyi Jaralta.

– Voi sentään, tapoja tapoja! Minä olen Leon. Ja sinä olet – ?

– Leon: Nin. Nin: Leon, Jara esitteli mitä muodollisimmin.

– Sisään, istumaan, olkaa niin hyvät. Ja Jara, sinä, älä vain seiso siinä! Kuinka kauan siitä on kun viimeksi näimme?

– Sinä murheellisen hahmon soturi, sinä ihminen ihmisten joukossa, en tiedä, Jara vastasi viuhtoen suurieleisesti käsillään.

– Hei, ne olivat ihan kelpo kertomuksia, älä yhtään leukaile, Nin protestoi.

– Eli... kiitos, Jara lisäsi.

– Onko teillä jano? Olutta ei ole mutta minulla on tässä siideriä. Ja kahvia on. Ja sitten on itse tehtyä –.

– Ei tarvitse, Jara keskeytti. – Kiitos vain. Mutta jos täällä on vettä...?

– On, onhan sitäkin, totta kai. Sangosta löytyy.

Mies kiiruhti hakemaan kuppeja. Niin harvinaista, koska viimeksi oli sattunut, tänne tuli vieraita! Hän toi kupit ja ojensi ne. He ottivat ne vastaan ja maistoivat pienet tilkkaset ummehtunutta vettä.

– Kiitos. Oletko kauankin tätä palatsia asuttanut, Jara kysyi ja katseli ympärilleen. Asumus näytti mitä surkeimmalta, kalusteita oli vähän eikä mukavuuksia ollut muita kuin vesihana. Ja pakollinen kuvapurkki nurkassa. – Jos sitä sopii kysyä?

– Palatsia tosiaan, mies vastasi. – Koti kumminkin, kuin koti. Toista vuotta jo. Vaimo sattuu nyt olemaan juuri asioilla kaupungilla... mutta eiköhän tässä näinkin pärjätä.

– Lapsiakin lienee? Nin kysäisi, huomattuaan pienen leluröykkiön, joka oli hätäisesti lakaistu huoneen etäisimpään nurkkaan.

– Yksi on. Oikein ihana pieni poika. Vaikka vähän villi joskus, mies sanoi ja virnisti.

– Njaa. Niin varmaan, Nin sanoi kylmästi (hän ei ollut koskaan käsittänyt noita aikuismaisia, salakähmäisiltä vaikuttavia virnistyksiä). – Mikä teitä sitten painaa?

– Minuako? Ei mikään, mies vastasi. Vähän liian nopeasti.

– Kyllä minä sen huomaan. Suoraan sanoen, te olette hirvittävän surullinen.

Mies tuijotti hetken Niniä, katsahti sitten pois päin ulos ikkunasta. Nin kuuli tukahdutetun nyyhkäisyn. He odottivat.

Kohta mies kokosi taas itsensä, pyyhki silmäkulmaansa ja

kääntyi takaisin.

– Joudun pian lähtemään kodistani.

– Mitä? Miksi? Jara kysyi. – Taasko?

– Tämä myydään.

– Kuinka? Kyörääkö joku teidät omasta kodistanne? Nin ihmetteli. – Jonka olette omin käsin pystyttänyt ja ystävienne ja perheenne läsnäololla kaunistanut?

– Niin tässä käy. Kun minulta puuttuu eräs tietty paperi. Omistuskirja.

– Paperinpala! Ettekä te sen takia saa tässä enää olla? Vaikka olette laittaneet kasvimaan ulos ja kukkia portinpieleen? Vaikka teillä on hoitajan ja rakastajan oikeus?

– Ei auta. Kun ei sitä paperia ole minulla, vaan eräällä vallan toisella. Vallan, heh, tosiaan vallan –!

– Jos vain jäisitte?

– Ei, kun ei. Jos täällä vielä ensi viikolla majailen, ne tulevat heittämään minut ulos. Vartijat kantaisivat. Ja työntäisivät traktorilla kotini maahan.

– Vartijat? Nin kysyi.

– Potku-ukot, Jara auttoi. – Potkuhousuvesselit.

– Jaaha. Mutta hyi olkoon, onpa häijyä! Kuka kelmi tuohon on ruvennut?

– Joku ... sen nimi on – en minä nyt muista. Hetkinen.

Mies meni huoneen toiselle puolelle, missä oli pieni, kuhmuinen matkalaukku, avasi sen ja selasi siellä lojuvaa paperikasaa. – Alex. Hänen nimensä on Alex (sukunimi kuulosti kiroukselta).

– Vai niin, Jara sanoi. – No, aikooko hän sitten itse muuttaa tänne, kun on sinusta eroon päässyt?

– Eei, ei tietenkään. Hänellä on tuhannen ja seitsemän taloa ennestäänkin. Se kelmi haluaa vain niitä lisää. Vielä yhden, ja ehkä vielä pari, aina muutaman, tuhatkunta lisää.

– Taisit asua jonkin aikaa siinä pienessä kylässä siellä –

– Ja olisin asunut kauemminkin, mies keskeytti äreästi. – Vaan kun se nyt ei vain käynyt!

– Jos ottaisit jakomeisselit ja kävisit tappelukseen? Nin kysyi.

– Liikaa on vartijaukkoja, että siinä voittaisi. Yhden kun hätistäisi, olisi kohta kolme hänen tilallaan. Sitten kytät ja perässä soltut. Ei onnistu.

– Hän ei voi sille mitään, Jara kuiskasi Ninille. – Hän ei ole mikään tappelija.

Nin katseli miestä, hänen ystävällisiä kasvojaan ja hiukan nyykähtänyttä ryhtiään. Ei, suuri soturi hän ei varmaankaan ollut.

– Jos vähän kuitenkin tuumittaisiin, lyötäisiin tyhmiä päitä yhteen? Jara ehdotti miehelle. – Eli tiedätkö, mistä hänet voi löytää?

– En.

– Harmi. Mutta mietitään sitä myöhemmin. Sattuisitko sitten tietämään missä Andrei tällä hetkellä on?

– En sitäkään.

– *Hänestäpä on paljon apua*, Nin sanoi Jaralle. Kohteliaasti kuitenkin ang'f'lanin kielellä, jota mies tuskin ymmärtäisi.

– *Hst.*

Mies jatkoi:

– Sain vain viestin häneltä, muutama kuukausi sitten. Hän oli ylittänyt meren. Ei tietääkseni ollut tulossa takaisin. Minne matkalla, sitä en tiedä.

– Juuri hänen tapaistaan. Taas on kaikk' kiskoiltaan.

– Harharetki siis, Nin tuumi. – Mutta paljon nähtävyyksiä matkalla, vai mitä?

– Niin eihän turhia matkoja ole. Kaikki vievät jonnekin. Tämä taisi viedä meidät auttamaan Leonia.

– Niinpä taisi, Nin sanoi. Ja Leonille: – Missä tuo "Alex" sitten majailee? Mitä hän tekee? Kuka hän on ja miksi?

– Missä, en tiedä. Mitä, sen kuulitte. Kuka hän on, hän on (lopusta Nin ei saanut selvää, paitsi että se kuulosti taas kiroilulta). Miksi, en tiedä.

– Sinä olet pitkään ollut sivussa vähän niin kuin pääuralta, Jara sanoi miehelle. – Sinä olet onnistunut jäämään ulos, irti, kuutamolle, niin kuin voisi sanoa. Mutta tunnet kumminkin nahoissasi kaiken. Suuret pyörät pyörivät vaikka et itse olekaan niitä pyörittämässä.

– Niin se on, Nin lisäsi.

– Niin kuin sanoin, en tunne häntä. Mutta luulen, että... odottakaa, minä haen luettelon.

Mies haki paksun, repaleiseksi kuluneen kirjan ja lehteili sitä. Hän pysähtyi jonkin paksulla kirjoitetun tekstin kohdalle ja alkoi lukea nimiä sen alta. Siten hän selasi luetteloa eteenpäin ja käänsi esiin karttasivut.

– Jossakin täällä täytyy olla hänen... hän mutisi ja osoitti sitten sormellaan jotakin kohtaa sivulla. Kyllä, jossakin täällä näin, katsokaapa. Mutta mitä sitten? Miksi se teitä kiinnostaa?

– Kiinnostaako meitä? Jara kysyi Niniltä.

– Voi, miten se kiinnostaakin! Nin vastasi. – Lähdetään! Vai kuinka, Jara?

– Nin!

– Ei niin kiirettä?

– Mikään ei liiku minnekään yhdessä yössä, Jara vastasi. – Leon, voisimmekohan me olla huomiseen täällä, mitä luulet? Jatkaisimme yötä, kunnes aamu lannistuneena sen edestä väistyy? Kävisikö se?

– Ai minäkö muka heittäisin teidät muitta mutkitta pihalle keskellä yötä? Teidän täytyy jäädä!

– Siis hyvä niin, Jara sanoi. Ja Ninille hän lisäsi: – Sitä paitsi on kuitenkin parempi odottaa aamua. Ihmiset ovat vähän kuin muuttolintuja, tiedätkö, he liikkuvat tiettyinä melko säännöllisinä aikoina...

– *Aikoina??*

e eivät onnistuneet löytämään Alexia ensi yrittämällä. Hätäkiirettä kun ei varsinaisesti ollut, toisena päivänä he eivät etsineetkään vaan harhailivat mieluummin kaupungin merelliselle laidalle, erään puistolinnun kerrottua mielenkiintoisesta nähtävyydestä: siellä oli *aaltoja*. Toki he olivat nähneet niitä aiemminkin mutta niitä oli aina hauska katsella. Eivätkä Alexinkaan kulut loppujen lopuksi niin kovin säännöllisiä olleet.

Kolmantena päivänä he yrittivät uudestaan.

Kaupunki oli todellakin peräti iso. He katselivat toisiaan väisteleviä asuinkuutioita ja sykkyräisiä antennimetsiä. Niitä sikisi kaupunki. Täällä ei tarvinnut pelätä yksinäisyyttä: kadut nitisivät harhailijoiden painosta. Miten paljon heitä olikaan.

Ja jokaisen, he arvasivat, tyytyväisenä liikkuvan kuosinmutkasta, löytyi varmasti joukko noita lipukkeita joihin paikalliset vallanpitäjät olivat lyöneet omat kuninkaanleimansa. Vakuudeksi siitä että niitä ympärilleen viskomalla voisi rakentaa itselleen yhteen liitettyjen kiviseinien suoman rauhan tai vaikkapa kumin päällä liikkuvan iskukyvyn, haluamansa äänimeren tai unimyrskyn. Ne avasivat myös mahdollisuuden valita mielensä mukaan monista tarjolla olevista herkuista ja viihdykkeistä, elävinä siepatuista tai säilötyistä, elämälle tarpeellisista tai vain elämänilon tai kiihtyneisyyden asteen säätelemiseen sopivista monenmoisista rohdoista ja jokapäiväisyyden muutoin mauttomaksi solvatun puuron suoloista.

Juuri niistä joiden avulla oli mahdollista valmistaa ja räätälöidä itselleen yksityisuni, jonne kukaan sivullinen ei päässyt jollei maailman hallitsija niin tahtonut (ja hänen oikeuksiaan vahtivat potkuhousu-ukot), joka aluksi hallitsijansa tahtoa kuullen seilasi muiden lähekkäin sulloutuneiden touhukkaiden paljoudessa, törmäillen toisiin totisiin maailmoihin (jolloin käytiin maailmojen sodat ja sulautumiset), ja joka sittemmin, valtiaan vähitellen ikäännyttyä, kuten useimmille näytti käyvän, alkoi enenevässä määrin harhailla ruori rustottuen ja purjeet hapertuen, kunnes se jonakin kiireettömänä päivänä löysi sopivasti rehevöityneen satamansa jonne se sitten ankkuroitui odottelemaan uppoamistaan. Tietenkin vain siinä tapauksessa ettei meri sitä ennen onnistunut ahmaisemaan sitä kesken matkaa.

Monet harhailivat täällä melkeinpä vaatettamattomina, tukevammin voivien kansalaisten heittämissä varjoissa ja heidän kohottamiensa linnakkeiden välisillä kujanteilla. Useimmat rääsyläisistä olivat jo luopuneet alkuperäisistä toiveistaan saada joskus haltuunsa suuri valtameripurjehtija, jonka turvin he olisivat voineet tehdä uljaita ja ihmeellisiä matkoja halki kuohuvien aaltojen. Niinpä he tyytyivät vain unelmoimaan tilaisuudesta, joka tekisi heille mahdolliseksi edes pienen ja vaikka paikalleen pysyvästikin ankku‐ roituneen majan pystyttämisen, minkä jälkeen heidän olisi määrä maakrapuistua lopullisesti.

Näiden pudonneiden ja liikkeeseen syystä tai toisesta koskaan lähtemättömien maailmassa vallitsivat erikoiset lait. Koska he olivat alastomia, he joutuivat pakkautumaan yhteen suojautuakseen kylmyydeltä. Ja koska tässä läheisyydessä ei ollut tilaa edes pienen jollan rakentamiseen, he tunsivat pian kaikki toisensa läpikotaisin, joitakin muistokomeroiden pieniä salaisuuksia ehkä lukuun ottamatta. He liittoutuivat yhteen suuriksi joukkioiksi ja kävivät yhteisvoimin nipistämään kappaleita muruista, joita nopeasti ylitse kiitäviltä itsevaltiailta varisi heidän matkapöydiltään. Nämä vaatimattomat antimet he sitten jakoivat keskenään yleensä ketään suuremmin syrjimättä.

Yleensä. Mutta oli heitäkin jotka eivät tyytyneetkään pelkkiin tähteisiin vaan yhdistivät voimansa hyökätäkseen vimmastuneina päin hyvinvoivien varustuksia. Saaliin he rähisivät sukkelasti kappaleiksi, noudattaen perinnäistä tapaa jonka mukaan vahvin kädellinen sai kaikki suurimmat palat ja heikoimmat ehkä vain muutamia pahanlaisia kolhuja. Pahimmillaan nämä tölväykset pudottivat uhrinsa vielä muutaman askelman alemmaksi jaetun hyvän jakovuoroissa, siitä selkeästä syystä että heidän työkykynsä ja siten hyödyllisyytensä oli näistä iskuista heikentynyt.

Kaikkein alimmiksi joutuneet olivat onnettomassa asemassa. Ne joilla ei ollut tosiaan enää mitään, ei edes siistiä alastomuutta tai pientä, huuhtelematta jätettyä muistin kultaisten rojujen komeroa jäljellä. Useimmat heistä olivat unohtaneet sen mistä ovat tulleet ja miten, eikä heillä myöskään ollut enää voimia uuteen matkalle lähtöön. Tuskin he jaksoivat enää nousta seisovaan asentoonkaan. Niinpä monet heistä jäivät vain lojumaan johonkin porttikäytävään tai hylättyyn taloon, joissa he söivät jätteitä ja omia ulosteitaan, koirien ja ylimielisten rottien ylikäveleminä, kunnes he vähin erin painuivat alas maan ja mujun sekaan ja katosivat kokonaan.

Joskus joku hyväntekijä, juuri ennen tätä viimeistä kurjaa askelta, havahtui huomaamaan heidän olemassaolonsa ja nosti heidät takaisin päivänpaisteeseen, sen valjummin valaistuille rinteille. Sellaistakin sattui.

J ossakin täällä päin hänen pitäisi maleksia, Jara sanoi katsellen jalankulkijoita.

– Katso nyt noita! Eivät edes pysähdy!

– Ihan kuin muuttolintujen parvi, vai mitä? No mutta jaa, ei heillä ole kiirettä minnekään. Se on kaikki pelkkää näytöstä.

– Mikä tuo on?

Nin osoitti valtavaa, jalkakäytävän ylle ripustettua häkkyrää, jossa oli suuria stereoskooppisia kuvaruutuja osoittamassa joka suuntaan ja raskas 20 Hz:n ääniarsenaali. Se mekasti jopa kovempaa kuin autoliikenne viereisellä kadulla, samaan aikaan kun se kylvi hienonhienoa paperisilppua alitse kävelevien niskaan.

Jara poimi yhden paperiliuskan, heitti sen sitten kiireesti pois huomattuaan sen yrittävän tarttua häneen. Siinä ei muutenkaan ollut muuta kuin sekasortoinen kokoelma mustia pisteitä valkoisella pohjalla, ei edes mitään kirjoitusta.

– Se on varmaankin *tiedotusväline*. Siksi niitä täällä kutsutaan.

– Entä mitä tuolla tapahtuu?

Aivan hökötyksen alla seinäsyvennyksessä oli suuri joukko

ihmisiä. Jokaisella oli nenällään mustat silmälasit, joista kulki sähköjohto rintataskuun. Valot välkkyivät heidän ympärillään ja he tanssivat. Jotkut heiluttelivat käsiään ja painelivat pieniä paitaansa painettuja, liikkuvia kuvioita. Muutamat istuivat pöydän ääressä käsi lasiin kiinnitettynä ja koettivat näyttää täysin liikkumattomilta. Kun he käänsivät päitään, he tekivät sen hitaasti, kuin kissat.

– Koneellista tanssia, sikäli kuin tiedän. Se on muotia täällä tällä hetkellä.

– Koneellista? Matkitaan koneita?

– No ainakin niiden rytmiä.

Lähellä oli automaatti, jonka edessä oli pitkä jono. Tällä hetkellä oli vuorossa joku tiiviiseen hameeseen pukeutunut nainen, joka nousi matalan portaan koneen luokse ja otti telineestä pienen valoa himmeästi hohtavan laatan. Hän veti siitä esiin johdon ja kilautti sen kiinni ohimossaan olevaan pieneen liittimeen. Heti naisen kasvot sulivat auvoiseen hymyyn. Hän seisoi siinä lyhyen hetken, sitten irrotti laitteen, poimi käsilaukustaan jonkin pienen kortin ja pudotti sen koneen kyljessä olevaan aukkoon. Sitten hän laskeutui alas kojeen luota, ja seuraava kiirehti hänen tilalleen.

– Minulle tulee mieleen... kuulin kerrottavan yhdestä pojasta, Nin sanoi.

– Joka...? Niin?

– Joka lähti kaupunkiin, kouluttamaan itseään johonkin pohtimoon.

– Siis niitä paikkoja, joissa järjestetään ajatuksia? Selvä. Ja?

– Siellä hän alkoi muuttua. Kun hän ennen oli ollut rasavilli ja ihan mainio keppasten tekijä, niin nyt hän alkoi hitaasti kasvaa etäisemmäksi ja jäykemmäksi. Aivan kuin hänen suonissaan olisi alkanut kiertää jotakin sulaa, kylmää metallia, elohopeaa tai kadmiumia, helakan veren sijasta. Hän alkoi puhua oudosti, jotakin muille käsittämätöntä, monikielistä mongerrusta. Ja outoja sanoja. Joskus hänen rattaansa jäivät hyrräten etsimään seuraavaa sanaa, kun hän ennen uskalsi jutella ihan tavallisesti, ilman viiveitä. Lapsuudentoverit olivat tietysti ihmeissään.

– Mitenkä meni se tarina siitä joka oli kasvanut pohtimossa ja sitten koetti mennä uimaan? Muistatko?

– Ai niin se ihmisten tarina. Siitä pelitaiturista. Hukkuiko se?

– Niin minä muistaisin. Oli liian kylmää, ei ollut tottunut.

– No kumminkin, sitten tämä alkoi käyttää rainalaseja, joista hänellä oli katkeamaton yhteys pohtimoon. Vielä myöhemmin hänellä oli enää vain johto ohimossaan, ja hän mökelsi jotain tunnistamatonta kielten sekoitusta jossa ei ollut yhtäkään muille tuttua sanaa. Siis silloin harvoin kun hän puhui. Hän kävelikin jäykästi ja hermostuneesti. Ja varisti metallipölyä jälkeensä joka askeleella. Mutta kun kuunteli häntä läheltä, saattoi kuulla hiljaisia vingahduksia. Vähän niin kuin hän olisi kasvattanut ympärilleen haarniskan, joka ei oikein enää sopinut ja hän olisi halunnut sieltä ulos. Niin kuin hiirulainen jossakin isossa, ihan vieraassa koneessa.

– Ai.

– Miten sitä voi eksyä niin?

– Miten voisi olla eksymättä. Siltä säästyy vain jos menee tynnyriin ja pyytää jotakuta laittamaan tapin perässä kiinni.

Nin ei vastannut. Jara kuuli rahinaa sivultaan ja katsoi vierelleen, missä Ninin piti kävellä. Nyt siinä raahusti, samaa tahtia hänen kanssaan jokin krominkiiltoinen otus, nivelet kitisten, vaivalloisesti, askel kerrallaan. Hydrauliset letkut sihisivät ja ruikkivat öljyä, ja pään tilalla oli jokin litistyneen sienen muotoinen, kiiltävä kypärä.

Olento kääntyi katsomaan Jaraa. Sen silmäaukoissa hehkui neutraali, punainen hohde, ja se mittaili Jaraa kuin se olisi punninnut, paljonko tuosta saisi lihaa jos myisi teurastajalle.

– Nin, älä nyt viitsi.

Nin palautti entisen hahmonsa.

– Niin mutta mitä jos minä jäisin tuommoiseksi? Vieläkö höpisisit, että "Tjaa tjaa, niin sitä muuttuu, Ninistäkin on tullut munanvatkain."

– Aivan, aivan. Mutta tuo mistä puhuit on onnettomuus, kuuluu riskeihin. Ei aina voi onnistua.

– Huomasiko joku, mitä luulet? Nin aprikoi.

– Pah, ei. Ei täällä kukaan mitään huomaa. Mikä on omituista on jokin esitys, ja mikä on esitystä, sen voi luultavasti ostaa purkitettuna ja katsoa kotona. Ohjelma kuin ohjelma.

– Siltikin...

– Katsopa, tuolta tuo tulee! Jara huudahti. – Sankarimme ihka autereisella arkipäiväkävelyllä! Ei vaunuja alla, ei suihkusiipiä sivuilla. Jopa on poikkeuksellista.

– No niin. Jo oli aikakin.

– Mitäpäs teemme?

Nin katosi näkyviltä kevyesti tupsahtaen, Jara heti jäljessä. Näkymättöminä he lähestyvät Alexia. Tämän kiireiset ja sekasortoisesti toistensa yli loikkivat ajatukset näkyivät aivan selvästi. Kuin olisi katsellut hyvin sotkuista ja suurta muurahaispesää. Siitä pystyi kuitenkin erottamaan tummina varjoina vellovan, melko järjestyneen aallokon, ja se aallokko oli silkkaa tiivistynyttä voitontahtoa ja kateutta. Niin kuin tummia peilinpalasia kellumassa vieri vieressä.

Kaiken määrätietoisuuden lomitse saattoi erottaa myös epävarmuutta. Jara päätti tarttua siihen. Hän tonki syvemmälle, tunnusteli ja etsi juuria joista kasvoivat epäilykset ja muut sellaiset kummajaiset, joita ihmiset niin sitkeästi vaalivat. Hän löysikin ne helposti ja alkoi kutitella niitä. Aallokon alta alkoi nousta jokin viileä virtaus, sekoitus hämmästystä ja pelkoa. Se alkoi kohota korkeammalle.

Ihmisiä on niin paljon, oli ensimmäinen uusi ajatus jonka Alex muodosti mielessään. *Enkä minä kykene hallitsemaan heitä,* hän jatkoi mietettään. Hän ajatteli palkittuja iskulau- seitaan. *Nukkukaa vähemmän, ostakaa Alexilta unet! Miksi tyytyä amatöörivalmisteisiin? Ostakaa jasmiiniautoja! Jättäkää puutarhanne ja oppikaa vihdoinkin lentämään. Yhdessä päivässä Alexin Stratoplugeilla, ja särkylääke kaupan päälle. 10 suosituinta unelmaa.*

Kaikki roskaa. Miten minä kuvittelin, että se muka menisi läpi? Naurettavaa! Ja, mikä kaikkein pahinta, se on minua!

Alexin valtasi inhottava tietoisuus tuntemattoman koko laajuudesta. Hänen ympärillään oli loputon aava ja hän ja hänen valtakuntansa oli vain pieni saarentäplä, mitätön kärpäsenlika jonka aallot minä hetkenä hyvänsä olisivat voineet pyyhkiä olemattomiin. Ja sillä täplällä hän oli mahtaillut niin uskomattoman, pöyristyttävän röyhkeästi! Vastenmielistä. Ihmisiä oli niin, niin paljon. Ja jokaisella oli tajunta. *Montako ajatusta se teki?* Ihmiset jäivät tuntemattomiksi ja tekivät omituisia asioita. Ottivat torkkuja luvatta. Ilkkuivat kahvitauolla. Rakensivat omia laivojaan. Ja ne ihmiset olivat tuossa.

– mi pölpöinen.

Mitä?? Kuka se oli?

– mi pölpöinen, Jara sanoi, vielä aavemaisemmin kuin äsken.

Alex vilkuili ympärilleen vaikka tiesikin sen turhaksi. Ääni oli tullut selvästi hänen päästään, sisältä.

Kuulenko minä ... ääniä?

– NOTAST! MAXSUGA! SEISOVILE IHMISILE!! LINJAD ILMA AJADUST!! Jara karjui niin että Alexin sisäkorva meni lukkoon. *– JAM JAM!!! TÖLGI-RALFF!! ODA HUVA, HALBA HEIMO, HILA VIDK!!*

– Mitä ihmettä sinä oikein höpiset? Nin kummasteli.

– En minä tiedä. Tämmöistähän täällä huudellaan päivät pitkät, Jara vastasi ja jatkoi mekastamistaan.

Alex vapisi. Hän olisi ottanut yhteyden lääkäreihin, looshitovereihin, suosikkikurtisaaniin... mutta hänen yhteytensä oli poikki. Hänen pysyvä laajakaistansa mahtaviin konglomeraatteihin, suurjärjestelmiin ja tieto-varastoihin oli poikki, ensimmäistä kertaa niin pitkään aikaan kuin hän saattoi muistaa. Hän tunsi itsensä irtireväistyksi ja sokeaksi, ja hirvittävän avuttomaksi. Hän kaivoi puhelimen taskustaan ja katsoi sitä, ei signaalia. Silloin hän näki puhelinkopin viereisellä aukiolla. Tai, se oli joskus ollut puhelinkoppi, nyt se oli muutettu nykyaikaiseksi multimediakennoksi. Mutta sen avulla pystyi yhä tekemään myös alkeellisen puhelinsoiton. Alex suuntasi kohti sitä.

– Kas, menee tuohon laatikkoon, Nin sanoi tuumiskellen.

– Se on oikein, kännystähän voi vaikka kuulla ääniä.

Alex haparoi kuulokkeet käteensä ja etsi lompakostaan psykiatrin numeron. Tietenkin hänellä oli oma psykiatri.

Puhelin hälytti. Alex vaihtoi jalkaa kärsimättömänä. *Vastaa jo, senkin pässi! Paljonko minäkin sinulle oikein maksan?!* hän kähisi äänettömästi meluisassa aivokopassaan.

– *Tsot tsot, noinko sitä ajatellaan lähimmästä ihmisestä?* Jara supatti soimaavasti Alexille.

Alex kuuli puhelinlinjan aukeavan ja huoahti helpotuksesta.

– *Väärä numero,* Nin huikkasi iloisesti.

Alex kalpeni ja hieraisi päätään. Äänieristetyt kuulokkeet tippuivat hänen päästään ja kolahtivat lasia (suraflex) vasten, jäivät roikkumaan langastaan.

– *Tämä on sinun vikasi,* Jara kuiskasi syyttävästi. – *Sinun. Sinä liero ja ryökäle! Ja vielä pelkuri!*

Riittää! Riittää jo! Lopeta! Alex ulvoi mielessään.

Kenenkään sitä kuulematta.

– *Miten niin lopeta?*

– *mi pölpöinen.*

Alex valahti hallitsemattomasti koppinsa lattialle ja jäi siihen kyykkyyn uikuttamaan, salkku vierellään ja lompakon kortit hajallaan lattialla.

– *Mitä sinä siinä lojut? Joku voi tarvita puhelinta. Hyi. Pois täältä. hus. kotiin ja sassiin!*

Kyllä, kyllä minä menen.

– *Eikä siinä kaikki. kuuntele: sinä lakkaat kiusaamasta Leonia!*

Ketä...?

– *Et edes muista, sika. Kuinka montaa ihmistä sinä oikein hierrät, noin vain, heitä ajattelemattakaan? Leon on se mies on se joka asuu kaupungin itäpuolella sen laajan purku-maan laitamilla.*

Ai joku sen slummin asukkaista? Mitä hänestä?

– *Lakkaa kiusaamasta häntä.*

Mutta – kuka heistä? Miten minä voin sen tietää?

– *No minä kuule tiedän. JÄTÄ HEIDÄT KAIKKI RAUHAAN! KAIKKI!! JA HETI!*

Mielihyvin. Mitä tahansa, kunhan lopetat!

– *Ja toiseksi: suopeutesi osoituksena lahjoitat heille koko sen maan, jolla heidän kotinsa on!*

Mitä tahansa. Ihan mitä vain.

– *Hyvä. Nyt mene!! Taikka muuten.*

Alex ponnisteli seisomaan ja työnsi oven auki. Se aukesi ja hän hoipperoi ulos.

– *Hei! Älä unohda laukkuasi! Joku voi kähveltää sen! Ja*
vie sinun lelusi ja valloituskarttasi. tai mitä sinulla siellä nyt
onkaan, karkkisi!

Alex palasi kuuliaisesti, poimi salkkunsa ja korttinsa ja
lähti puolittain juosten aurinkoista katua pitkin. Vain
muutama pilvenhattara koetti vähentää tähden tuikeaa
hehkua, siinä ihmeemmin onnistumatta. Jossakin sirkat sirit-
tivät kiireisesti teiden pientareilla, jossakin aivan muualla
kuin Erittäin Suuressa Kaupungissa. Kyyhkyset touhusivat ja
rupattelivat hankalilla katonreunuksillaan, ja yksinäinen
lokki kierteli, kaarteli ja pudotti läheiselle jalkakäytävälle
kostean, lätsähtävän ammuksen, kenenkään kiinnittämättä
siihen mitään huomiota. Ihmiset katsoivat kiinnostuneina
Alexia, oikeammin: he töllistelivät. Niin, joskus sellainen voi
olla kerrassaan sietämättömän ärsyttävää.

– JATKAKAA KÄVELEMISTÄ! MITÄ TE OIKEIN
PÄLLISTELETTE! Alex huusi.

Ihmiset näkivät Alexin, jolla oli pirteästi pystyyn pyrkivä
kampaus ja huolellisesti räätälöidyt vaatteet, joka tuijotti
heitä hullun lailla ja karjui kasvot punehtuneina moisia
päättömyyksiä. He aprikoivat, mitäköhän tuo oli mahtanut
nauttia ja väistivät huolellisesti kun Alex pyrki heidän
ohitseen. Ja jatkoivat matkojaan. Ja unohtivat. Mutta
jatkuvana virtana tuli vastaan uusia katseita, eikä Alexin
mieleen pesiytyneillä harhaäänillä ollut aikomustakaan
kaikota. Ei, ne voimistuvat (Jara oli alkanut hoilata hirmuista
Ölkinsurmasaagaansa, keskittyen erityisesti kohtaan jossa
Aku-Ölkki miekan lävistämänä örisee murhettaan,

joutuessaan iäksi jättämään pimeän, kivisen kotiluolansa). *Tämä on nyt loppu. Lorun loppu. Nyt mitä todella olen seinähullu.*

Alex kiiruhti asemalle ja tilasi taksin joka saapui nopeasti. Tuntui kuin sitä ajanut nainenkin olisi tuijottanut häntä (niin kuin tuijottikin ja vaatii nähdä rahat ennen kuin suostui lähtemään liikkeelle). Alex näytti korttiaan, nainen tarkisti sen ja lähti liikkeelle. Alex kyyristyi takapenkillä niin matalaksi kuin pystyi.

Jara ei jättänyt Alexia rauhaan, ennen kuin tämä oli päässyt turvallisesti kotiin saakka, juonut kohtuuttoman monta lasillista viskiä ja niellyt pari niiden kanssa täysin yhteen sopimatonta pilleriä, vääntänyt laadukkaan viihdekeskuksensa jyrisemään trancea niin kuin ei koskaan ennen, ja hautautunut vuoteensa pohjalle kaksi tyynyä painettuina tiukasti pään kummallekin puolelle. Lopulta hän nukahti.

Seuraavana päivänä hän oli tietenkin tykkänään unohtanut lupauksensa.

Joten Jara aloitti uudestaan.

ilmissäni humahti kirkas, jo tutuksi tullut valonvälähdys. Lähetys poikki. Näin Ninin edessäni, hän oli lopettanut kertomuksensa. Istuin yhä samalla kivellä, ja Nin istui puunrungollaan. Jara seisoi vähän kauempana, syventyneenä tarkkailemaan jotakin näkymätöntä takanani. Käännyin katsomaan sinne mutta en nähnyt mitään, paitsi metsän reunan. Näytti siltä kuin se olisi siirtynyt hieman lähemmäksi. Tai siten me istuimme nyt eri paikassa kuin aiemmin. En jaksanut ihmetellä sitä sen enempää.

– Entä sitten? Entä –?

En kerta kaikkiaan osannut lausua sitä ääneen.

– Ai 𝕮𝕴𝕹𝕾 ?

– Niin, juuri se! Mitä oikein tapahtui?

– Et varmaan viitsisi kuunnella enempää.

– Kyllä varmasti viitsisin! Minä tahdon tietää!

– Vai että tahdot. Pah. Minä vain kerroin miten meidän retkemme alkoi, Nin sanoi huolettomasti. – Sattuihan sitä vielä kaikenlaista. Mutta se on toisen ajan ja paikan tarina. Ehkä kerron sen sinulle joskus.

– Mutta, kysyin Niniltä – ... kun nyt kerroit Alexista niin... mitä sitten? Tarkoitan, miten siinä oikein kävi?

– Ai että miten hänelle kävi? Nin sanoi, kuin olisi sen vasta nyt huomannut. – Niin, Alex-poju päätti että oli vähän väsynyt ja luopui kaikesta. Koko roskasta. Pilkkoi osiin ja antoi pois.

– Kenelle sitten? Yrityksensä? Kuka tuli hänen jälkeensä?

– Ei oikeastaan kukaan. Kas, kun lahjoitettavaa ei niin paljon ollutkaan, huomattiin, kun huijaus oli paljastunut. Oli oikeastaan vain kokoelma sopimuksia. Mutta se mitä oli, sen päätyi joillekin anar... mille oikein? Nin kysyi Jaralta.

– Anarkosyndikalisteille.

– Justiinsa heille. Omituinen ajatus, ei se ainakaan minun ollut. En minä muutenkaan oikein ymmärrä mitä omaisuudella pitäisi tehdä.

– Kai siitä on paras hankkiutua eroon, Jara sanoi.

– Niin kai.

– Ja sitten?

– Noo, sitten Alex-pololle löytyi uusi koti, Nin sanoi. – Siellä Alex sai yllin kyllin kaipaamaansa huomiota, ja kärsivällistä, nenäliinan kun itkutti ja ruokaa yllin kyllin. Tai, ainakin ihan tarpeeksi. Välillä Alexilla oli kyllä aika surkea olo. Tiedätkö, on vaikea romahtaa täysin pistein, jos ei ole tottunut sellaiseen.

– No ihan varmaan.

– Vuoteen viereen täytyi järjestää lauma puhelimia, joita Alex voi hypistellä ja painella korvilleen. Niin että kun

Alexille tuli kovin ikävä vanhoja aikoja, Alex sai kuulla nauhoilta kaikenlaista tärkeätä ja häntä koskevaa. Ja ruudussa pyöritettiin Alexin vanhoja mainosrainoja.

– Kunnes sille tuli loppu.

– Mitä... oikein tapahtui? minä kysyin.

– Sattui eräänä päivänä, että Alex heitti kaikki molottimet alas ikkunasta ja lähti, Jara sanoi.

– Pakeni, pikemminkin.

– Minne hän lähti?

– Tjaa-a, häntä etsiskellään vielä, Nin sanoi.

– Entä jos hän aloittaa kaiken uudelleen?

– Kuulin että hän on vaihtanut nimensä ja lähtenyt samoilemaan, Jara sanoi miettivänä. – Ehkäpä hänkin on parantanut tapansa.

– Ehkä hänkin kuljeskelee metsissä etsiskelemässä taru-mummoja ja menninkäisiä ja satuja ja mitä kaikkea. Vähän niin kuin sinä. Tai ehkä sinä oletkin hän, Nin virnisti, – Olet vain unohtanut enkä minä kertonut.

Tuijotin Niniä. Tässä vaiheessa en uskaltanut olla varma enää paljon mistään. Kävin nopeasti läpi mitä muistin omasta elämästäni. No, olin huomannut muistini kyllä vähän epäluotettavaksi ja aukkoiseksi aika ajoin, mutta –.

– Onko se mahdollista?

Nin nauroi.

– No hyvä on. Mutta mitä Leonille tapahtui? Miten hän voi? Ja Andrei??

– Leon asuttaa yhä mökkiään perheensä kanssa, ylen

tyytyväisenä sikäli kuin tiedän.

– Onko tässä tarinassa siis onnellinen loppu?

– No eikös olekin? Sen pituinen se, ja niin edelleen.

– Hei! HEI! Entä Andrei?! minä huusin. – Tässähän ei ole mitään järkeä! Löysittekö te hänet?

– Ai niin Andrei, Nin tuumiskeli. – Ei, emme me löytäneet.

– Leon oli viimeinen jonka tiesimme nähneen hänet, Jara sanoi. – Utelimme tietysti joka puolelta mutta emme löytäneet vihjettäkään Andrein aikeista. Meren yli, ja siihen jäljet päättyivät. Ihan kuin hän olisi tahallaan kadonnut.

– Ei jälkeäkään, vahvisti Nin. – Puf!!

– Mutta... mutta... änkytin – Tehän halusitte löytää hänet?!

– No mitä itse olisit tehnyt? Nin kysyi minulta. – Siellähän me seuloisimme geometriaa vieläkin. Silkkaa hupsutusta! Kyllä hän jostakin aikanaan pulpahtaa pinnalle, jos niin haluaa.

Nin katsoi Jaraa.

– Ja muuten, Nin lisäsi vielä Jaralle. – Minä en aio aivan kohta lähteä taas uudestaan. Mutta sinä tietysti kyllä, vai mitä?

– Mm, Jara mutisi.

– Ja te, Nin sanoi minulle, – te saisitte hoitaa itse omat sotkunne! Kun ne eivät ole vain teidän, niin. Ne koskevat kaikkia.

– Ja kaikkea, Jara lisäsi.

En osannut sanoa siihen mitään. Jara sen sijaan alkoi kertoa tarinaa, joka liittyi johonkin Gmnmnym-nimiseen olentoon, joka asui kauan, kauan sitten jossakin kiventyöntäjäölkkien mailla. Mutta kun paljastui, että tämä Gmnmnym oli sukua Vanhajäärä Emu-Ölkin kautta Aku-Ölkille ja että yksi hänen kuudesta suurijalkaisesta sisaruksestaan oli Suuren Surmanyön sankarin Arg-h-Varrin lemmitty, joka kiillotti urhon peitsen hiuksillaan ennen lähtemistään ikiajoiksi korpiin samoilemaan (mikä johti Jaran selvittämään Arg-h-Varrin Toisen Etsintäretken vastoinkäymisiä, ensimmäinenhän tapahtui niihin aikoihin kun Lähteen Ääni ilmaisi Arg-h-Varrin velipuolelle Arrij-h-Varr-Jentlille miten hän voi löytää Gmnmnymin sisaren, joka muuten oli nimeltään Dai Oq ja josta Arrij-h-Varr-Jentl oli nähnyt outoja enneunia), aloin ounastella että minun oli aika lähteä lipettiin. Heti – mikäli vain ikinä vielä ehtisin.

– Minä luulen, minun pitää nyt lähteä, sanoin. Kokeilin pystyivätkö jalkani vielä kantamaan minua. – Minä olen tainnut viipyäkin jo aika kauan.

– Kauan? Jara ihmetteli. – Sitä paitsi, sinun pitää vuorostasi kertoa tarina meille. Sinähän sait juuri kuulla yhden. Oliko nauhuri päällä?

No eipä ollut.

– Minä... en taida nyt keksiä mitään. tai siis, muistaa. Oikeastaan jaksaa.

– Voi sinua, Nin sanoi. Teitä kaikkia. Niinkö kauan tämä sinusta kesti?

– Tässähän meni päiviä! Vai viikkojako?! Vaikka en minä

sen takia oikeastaan –.

– Vilkaisepa vähän ympärillesi, Nin sanoi.

Minä vilkaisin. Mikään ei ollut nähdäkseni muuttunut. Samanlainen lähes pilvetön taivas kuin aukiolle tullessanikin, sama heikko tuuli. Valo laskeutui metsään samalla tavalla, eivätkä varjot olleet ainakaan pidentyneet. Katsoin kelloani; tuloaikaani en muistanut mutta oli ilta, edelleen, eikä päivyri ollut liikahtanutkaan. Hölmisteltyäni sitä hetken Nin alkoi hymyillä ylen tyytyväisenä.

– Vie lapsille terveisiä, hän sanoi sitten. – Ja kerro heille sitten kaunis satu tänä iltana, kerrotko? Ja muillekin. Varsinkin muille.

Mietin että nauhoitus olisi ainakin voinut kertoa todella kuluneen ajan. Ehkä. No se ja sama se nyt. Nin katseli minua yhä, odottaen. Kun en osannut sanoa siihen mitään, hän lisäsi:

– Lupaisit nyt. Se olisi niin kilttiä!

– Kerronhan minä, kerron, sanoin hätäisesti. Ninin äänensävyssä oli jotakin ystävällisellä tavalla hankaluuksia lupailevaa. – Niin kauniin kuin vain osaan.

– Hyvä. Sinun kai pitää lähteä tuota tietä, Nin sanoi ja osoitti jotakin takanani. – Meidät löydät täältä, jos vielä tulet, Nin lisäsi ja katseli arvioivasti Jaraa. – Vaikka kuka koskaan voi tietää, varmasti?

Katsoin Ninin osoittamaan suuntaan. Pensaikossa näkyi aukko, jota en ollut aikaisemmin huomannut. Tietenkään. Aukon vieressä oli lisäksi kyltti. Siitä roikkui naavaa pitkinä rimpsuina mutta muuten se oli aivan valkoinen. Läheinen lätäkkö heijasti siihen auringon valoa niin että se oli sokaisevan kirkas. Kyltissä luki "Polku kulcivaisille. Metzaen ja poiz. Ala poickea." Ja lisäksi jotakin niin pienellä tekstillä etten saanut siitä selvää.

Kun astuin askeleen lähemmäksi, nähdäkseni kyltin paremmin, kuulin Ninin huikkaavan minulle:

– Näkemiin ...

Käännyin katsomaan taakseni: en nähnyt siellä enää ketään. Nin ja Jara olivat poissa.

Kuusiluoto – Pariisi – Algeciras
1993 – ja vähän myöhemminkin

Sisällys